Luigi di San Giusto

Luisa Macina Gervasio

Daniela

Texte et illustration de couverture : © domaine public
Edition : Culturea (Hérault, 34)
Contact : infos@culturea.fr
Retrouvez notre catalogue sur http://culturea.fr
Imprimé en Allemagne par Books on Demand
Design typographique : Derek Murphy
Layout : Reedsy (https://reedsy.com/)

Dépôt légal : janvier 2023

ISBN : 9791041841189

I.

LA VEGLIA.

Era la prima veglia dell'anno, e, naturalmente si teneva nella stalla di pare Gioanni. Ma era una veglia speciale, una veglia festiva, perchè, la sera dei Morti, sarebbe stato un sacrilegio lavorare. Già mare Viginia aveva recitato il rosario, al quale, tutti, uomini e donne, avevano risposto, anche quelli che, o per avere fatto il soldato, o per leggere di tanto in tanto la Gazzetta del Circondario, ostentavano idee liberali; ma coi morti non si scherza...

Intanto Daniela, la figliuola di pare Gioanni, aiutata dal suo fratellino Geppino e dalla serva Rita, portavano dalla cucina tre enormi piatti di castagne, per tutti i gusti, arrostite, ballotte e mondine; e li deponevano sopra un asse, che, per la circostanza era stato elevato su dei cavalletti, e doveva servire da mensa. Pare Gioanni e Gerolamo detto Trumlin, il suo servitore, collocarono sullo stesso asse tre grossi boccali di vino e parecchi bicchieri, e così cominciò per quei montanari la parte più piacevole della veglia.

Ho chiamato Rita una serva e Trumlin un servitore. Ma nessuno s'immagini per questo di vedere in Rita una di quelle azzimate servette, che siamo avvezzi a trovare nelle nostre case cittadine, e in Trumlin qualche antipatico sbarbato in livrea; no, Trumlin e Rita, meglio che servi, si potrebbero chiamare aiuti dei loro padroni, essi vestono anche alla foggia montanara, come i padroni, badano alla stalla, al granaio, ai campi: tagliano legna nel bosco; fanno insomma tutti quei lavori ai quali le braccia di pare Gioanni non basterebbero, mentre Geppino non ha che otto anni, mare Vigina è quasi sempre malata, e Daniela non è di grande aiuto a suo padre, come vedremo tra poco.

Non meravigliatevi dunque di vedere Trumlin e Rita seduti alla stessa mensa coi padroni, prendere parte a tutti i discorsi, e considerarsi, insomma, come perfettamente uguali a tutti gli altri invitati.... È un senso di uguaglianza istintivo e mantenuto dall'uso benchè nè Trumlin nè Rita non sappiano affatto che sia il socialismo.

Pare Gioanni era certo il più ricco proprietario di Tuolo, un paesetto, anzi una borgata, buttata come un branco di capre sul pendio della montagna, e così piccola e meschina che nessun geografo si è degnato di segnarla sopra una carta. Forse la troverete indicata su qualche schizzo di manovre militari, perchè talvolta qualche compagnia di alpini pianta le sue tende lassù, per pochi giorni; ma il paese manca così assolutamente di tutto, quello che la civiltà ci ha abituati a considerare come indispensabile, che nemmeno i soldati ci vengono e vi si fermano volentieri.

Pare Gioanni, dicevo, è il più ricco di quegli altipiani. Egli possiede un bel numero di vacche, pecore, capre, che gli permettono una larga industria di latticini, di carni macellabili, di cuoi e lane; e parecchi campi di segale, di orzo, di fagiuoli, di patate, senza contare un bel bosco e alcune vaste praterie, dove le sue bestie, quando, nell'autunno sono discese dall'alta montagna, trovano lauti pascoli a primavera. Ora, benchè pare Gioanni sia di natura piuttosto avara ed egoista, come lo sono quasi sempre i montanari, nelle circostanze sa stare, come dicono i suoi amici, e quando egli fa un invito a casa sua per mangiare e per bere, tutti sanno che vi si mangerà e berrà sul serio.

Eppure il vino è una delle poche cose che pare Gioanni, è costretto a comprare. Lassù non alligna più la vite, e le donne sono costrette di portare a spalle, nelle gerle pesanti dal paese vicino, il vino che si consuma a Tuolo; ma assai pochi, oltre che nella famiglia di pare Gioanni, ne bevono abitualmente. Sì, il farmacista, il dottore, (Tuolo ha, da due anni, un medico condotto) il notaio e il parroco; non certo il maestro nè la maestra di scuola, che, col loro stipendio di 500 lire ciascuno, non potrebbero permettersi il lusso di bere del vino.

Del resto, la storia che vi narro è di qualche anno fa; non sarei niente stupita che adesso Tuolo avesse un albergo con luce elettrica e ascensore, per i turisti e alpinisti di passaggio, e che i costumi fossero cambiati; oramai, anche sulle nostre Alpi, i paesi immuni dalla civiltà, dagli alberghi e dagli automobili sono così pochi!

Per tornare al vino di pare Gioanni vi dirò che anche quella sera era offerto con abbondanza, ed era buono, tanto che assai presto esso aveva sciolto tutte le lingue, e messo nei cuori una grande allegria, nonostante che la serata fosse destinata a ricordare i defunti; ma per loro si era già pregato, e che cosa si poteva fare di più? Stanno meglio di noi, era il pensiero comune e consolante, di quei montanari, che non vedendo nella morte tutta la paurosa incertezza che vediamo noi, e la considerano come un fatto naturale e necessario, che non ha in se niente di troppo terribile...

Gli invitati di quella sera erano quasi tutti proprietari di bestie e di terre; l'alpigiano che non possiede proprio nulla, (e sono ben rari) emigra, e va in Francia o in America, a fare il muratore; sa lavorare nelle miniere e nelle ferrovie; c'erano, se vi piacesse conoscerne alcuni, Ambrogio Criscen, un giovanottone di ventisei anni, vero tipo del montanaro, vigoroso, abbronzato, con due buoni occhi verde–azzurro, come le acque di montagna, pieni di candore. Che Ambrogio andasse più volentieri che altrove alle veglie di pare Gioanni, lo sapeva tutto il paese, e tutto il paese aspettava da un momento all'altro di vedere annunziato il matrimonio del giovane con Daniela; difatti Ambrogio era benestante, lavoratore e sobrio; e pare Gioanni non poteva pretendere di più per la sua figliuola.

V'era Stefano Loi, detto Stenlino, ammogliato da poco con Annin; un giovanotto che aveva fatto il soldato, ed era sempre molto allegro, faceto, assai pregiato nella società delle stalle, per i suoi scherzi e le sue buffonate; pare Gioanni si teneva onorato delle sue visite. Sua moglie Annin era invece una creatura taciturna e malinconica...

V'era il Gobbo Bastiano, un curiosissimo tipo, di carnagione verdastra, di età indefinita; i giovani lo avevano sempre veduto allo stesso modo, con la sua faccia rugosa e i suoi capelli brizzolati; i vecchi non si ricordavano che egli fosse stato mai giovane. Viveva poveramente, in una catapecchia miserabile; ma lo si sospettava di avere dei soldi, eppoi era il contastorie della compagnia, un uomo che aveva letto, e che sapeva una quantità di fiabe, di leggende, racconti meravigliosi, che narrava senza farsi molto pregare; pare Gioanni lo stimava assai.

Non dimentichiamo il maestro di scuola, il signor Busio, un omone tarchiato, che parlava sempre il dialetto, anche nella scuola, (e credo avesse lo sue buone ragioni) e oltre a fare il maestro zappava anche un suo campicello, e conduceva al pascolo una sua magra vacca e due pecore, e la maestra, la signora Carotti, una buona donna che univa alla sua professione di insegnante comunale anche quella di sarta... E siccome quest'ultima le lasciava molto tempo disponibile, perchè le *signore* di Tuolo non seguivano con troppo accanimento la moda, ella era pure una grande allevatrice di galline al cospetto del Signore.

Nè la signora Carotti nè il maestro Busio erano stretti da vincoli coniugali, e nel paese da molti anni si aspettava che i due dispensatori del pane della scienza ai marmocchi di Tuolo si decidessero a sposarsi tra di loro, perchè parevano proprio fatti l'un per l'altro... ma i due pedagoghi non si erano ancora decisi, benchè sì l'uno che l'altro non aspettassero più la quarantina.

Il maestro e la maestra erano dei più diligenti frequentatori della stalla di pare Gioanni, perchè questi era pure il sindaco di Tuolo, e chi poteva rifiutarsi di rendere omaggio all'autorità costituita?

Altri personaggi importanti, che venivano di tanto in tanto a passare un'oretta alle veglie di pare Gioanni, (e quella sera c'erano tutti) erano Bigotti, il farmacista; il notaio Lappoli; il dottor Fausari, medico condotto. Il farmacista e il notaio erano ammogliati, e si facevano accompagnare quasi sempre dalle loro donne; il dottore era scapolo... e già da molti anni non manifestava più nessuna intenzione matrimoniale.

Quella sera c'era anche il parroco don Balsamo, e Rosa, la sua Perpetua, ma erano casi rari; tanto il padrone che la serva soffrivano di reumatismi, e non si arrischiavano volentieri fuori, le sere d'inverno.

Oltre a questi già nominati v'era un popolo minuto di giovanotti e di ragazze; una dozzina, che si mettevano in un angolo, tutti insieme, e ciarlavano e ridevano tra loro; la gente seria badava poco a loro, e loro badavano poco alla gente seria.

Quando tutti ebbero castagne e vino bianco e vino nero in abbondanza, Daniela venne a sedere pur lei vicino alle ragazze, che l'accolsero con grandi esclamazioni di gioia. Ambrogio Criscen, che fino allora era stato veduto presso a Margherita Roggia, una bella e grossa biondina di vent'anni, subito trasportò il suo sgabello vicino a quello di Daniela, e le presentò le sue due larghe mani, piene di castagne arrostite, come un vassoio.

Daniela ne prese una, così per complimento, dicendo:

– Grazie, ma non ho appetito, – con un tono che mise un'ombra di dispiacere sul viso di Ambrogio, e forse un lampo di soddisfazione su quello di Margherita.

Un giovanotto, Richetto Grignola, continuò una descrizione che aveva incominciata del ballo pubblico a cui aveva assistito due settimane prima a Pinerolo; e Ambrogio, senza ascoltarlo, si pose a guardare con amorosa intensità la sua Daniela, che masticava lentamente la castagna. La *sua* Daniela! Eh, non era ancora sua! Povero Anbrogio! La divorava con gli occhi. Gli pareva assai bella, Daniela, la più bella di tutte. Difatti aveva qualcosa di diverso da tutte le altre montanare. Era alta e piuttosto magra, il che le dava una figura slanciata, che ella sapeva avvantaggiare ancora con un busto attillato, come lo portano le signorine della città. Aveva un viso appena roseo, e non già bronzato, come le sue compagne; ella viveva poco all'aperto, e sapeva ripararsi dal sole e dall'aria frizzante, che le avrebbero rovinato la pelle; i suoi lineamenti non sarebbero parsi impeccabili a un conoscitore di bellezze perfette, ma erano graziosi e fini, e avevano una espressione d'intelligenza, di pensiero, che il buon Ambrogio non sapeva definire, ma che lo affascinava. Daniela aveva folti capelli biondoscuri, che ella pettinava con arte e buon gusto, e due chiari occhi castani, teneri, inquieti e fieri, che piacevano enormemente al giovinotto.

Daniela era vestita con semplicità; suo padre non le avrebbe certo permesso alcun lusso; ma il colore della veste, il taglio, la scelta della guernizione, la foggia del grembiale, tutto dinotava un garbo non comune, e che nessuno le aveva insegnato; ma Daniela aveva l'istinto delle cose belle e graziose.

Ambrogio sentiva tutto questo, e mentre era ciò che meglio gli piaceva in Daniela, pure era per lui un oggetto di soggezione e di timore; ella era troppo *signorina*, troppo diversa da lui, da loro tutti; per Daniela forse ci sarebbe voluto un signore, e il povero Ambrogio ne era tutto sgomento. Anche quella sera Daniela aveva quel certo suo fare svogliato, quasi triste, che prendeva qualche volta, e guardava con una espressione di noia, forse di disgusto, quella società chiassosa di gente che mangiava, beveva allegramente e discorreva ad alta voce; evidentemente il suo pensiero andava lontano; e lei stessa avrebbe voluto essere lontana di là; lontana! chi sa dove!

– Ancora una castagna, Daniela! – supplicò il giovane. Ma ella rifiutò.

– Datene a me, Ambrogio! – disse Margherita Roggia, stendendo le due mani, a conca, e nelle quali Ambrogio pose un bel mucchio di castagne, ma senza nemmeno guardare quella cui le offriva.

– Grazie, – disse, Margherita, e avrebbe voluto pur dirgli grazie con gli occhi, che cercavano i suoi; ma Ambrogio non se ne accorgeva nemmeno! Era di nuovo tutto intento a fissare la sua bella, il crudele! Dal cuoricino oppresso di Margherita le salirono agli occhi due grossi lagrimoni!...

Approfittando di un gran chiasso, seguito a non so che buffonata di Stenlin che fece volgere tutti ridendo, Ambrogio si arrischiò a stringere lievemente la mano di Daniela, e a dirle:

– Siete di cattivo umore, Daniela?

– Io? No... – rispose lei, ritirando lentamente la mano.

Ambrogio sospirò. E tutti due tacquero, ognuno malinconico per conto suo. Stenlin, continuava a incatenare l'attenzione generale facendo mille smorfie, con le quali contraffaceva i suoi superiori, di quando era stato militare, e tutti ridevano, e si divertivano un mondo. L'atmosfera era caldissima, satura del fiato delle bestie, degli uomini, dell'odore di castagne cotte, del vino, del fumo delle tre lampade ad olio di noce, che ardevano sulle mense improvvisate. Le bestie, nel fondo, sdraiate sullo strame, volgevano lentamente i loro grossi occhi bovini, nei quali era quasi uno stupore di tutto quel frastuono. Qualcuno levava di tanto in tanto, un lungo muggito. Dall'ovile chiuso usciva pure un frequente belare di pecore e di capre, come una chiamata. Quell'odore di stalla come era gradito, e come me metteva allegria! E veramente la stalla di pare Gioanni era la meglio tenuta di Tuolo. Sempre strame fresco, sotto le vacche, e un bell'assito per terra, sotto i piedi degli invitati, e ai muri, dove si dovevano appoggiare le schiene, lungo le panche, erano pure attaccati strati di paglia, che rendevano più morbida e più calda l'appoggiatura. E nella stalla di pare Gioanni non v'erano letti, perchè egli non vi faceva dormire nessuno della sua famiglia. La sua casa era abbastanza ampia e abbastanza calda, perchè la sua grande cucina la riscaldava tutta, ed egli aveva persino una stufa di ghisa, che si accendeva durante le giornate più rigide. Così, mentre lui stesso aveva una bella stanza matrimoniale, per lui e per la sua Vigina, in un'altra stanza dormivano Geppino o Trumlin, e in un'altra ancora la serva Rita con la sua padroncina Daniela. Era una cosa piuttosto unica che rara a Tuolo, dove la stalla serve di camera da letto a intere famiglie.

Stenlin aveva finito le sue buffonate, e le conversazioni si fecero parziali.

La mare Viginia raccontava un suo sogno alla moglie del farmacista, che l'ascoltava con grande serietà...

– E poi mi pareva di cadere giù dal picco, con tutta la mia gerla piena di fieno, e mentre avevo una grande paura, perchè nel fondo del burrone vedevo due occhi che ardevano, ecco che la gerla mi tiene sospesa nell'aria, e dalla gerla escono fuori due fate, che mi tengono su, mi portano, piano piano, fino sopra un prato, un bel prato, tutto verde.... – diceva la mare Vigina con quella sua voce debole, un po' velata...

– Eh! i sogni significano sempre qualche cosa, – sentenziò la moglie del farmacista, crollando il capo; – gli uomini non vogliono credere a certe cose, ma io mi ricordo... –

Mentre ella continuava non so che racconto di denti cadutile nel sogno, e di parenti morti in conseguenza, il gobbo Bastiano aveva incominciato lui una sua storia, e un po' alla volta tutti si erano messi a sentire attentamente, tutti, persino il dottore, che non ci credeva, ma che si divertiva anche lui alla maniera come Bastiano narrava...

– Mi vengano a dire che non ci sono le fate, che non ci sono le streghe, che non ci sono i folletti... Li ho visti io! E tante volte, anche! Già al giorno d'oggi ci sono di quelli che negano persino che ci sia il diavolo. Se ne accorgeranno poi se non c'è... Quando saranno a bruciare nell'inferno, in una caldaia di pece... Quanto alle fate, che mare Viginia ha visto nel sogno, io le ho proprio viste da desto. Sì, era un giorno d'estate sulla montagna. Cercavo delle pietre, certi sassi che porto poi giù al paese; c'è della gente che li compera... e non trovavo nulla quel giorno. Stanco quanto mai, mi metto a sedere, mangio un boccone di pane, avevo nella borraccia due goccia di quel liquore che faccio io con le noci, bevo e mi sdraio, ma senza dormire, proprio sotto un grosso cespuglio di rododendri.

Mentre sto così, vedo un non so che di verde luccicare davanti ai miei occhi; guardo bene, cos'è? Una bellissima giovane, con occhi ridenti, pieni di luce, che non si potevano nemmeno guardare e... non lo crederete... lunghi capelli verdi sparsi sulle spalle. – Bastiano, mi dice (come mai sapeva il mio nome)? Bastiano, alzati su; tu sei coricato vicino a un nido di vipere.

Potete imaginare che salto feci! E proprio, proprio vicino a me, in un buco della roccia, vedo una grossa testa di vipera, e la sua doppia lingua fuori della bocca, ritta come una freccia. Sorgo per fuggire, e la fata, perchè naturalmente era una fata, mi tiene per il braccio, ride e dice: Aspetta che l'uccidiamo. E lei stessa si china, prende un sasso, e paf! schiaccia la testa della vipera, che sibilava. Misericordia! Dal buco esce un'altra vipera, e un'altra, e un'altra, e poi vediamo un gomitolo di viperette piccole, tutte aggrovigliate.... E la mia fata, molto tranquillamente, le schiacciava, a una a una. E io che avevo preso coraggio, l'aiutavo... Sapete che avremo ammazzate più di venti vipere?... E infine io dico alla fata : Grazie, mia buona signora! (le fate non amano di essere riconosciute); voi mi avete salvata la vita! Grazie! Ma lei, sempre ridendo (...mi pare ancora di sentire quel riso: quel riso pareva una cascatella d'acqua), mi dice: E che facevi quassù, tu? – Cercavo dei sassi per venderli, mia buona signora, dico io con tutta umiltà. E ne hai trovati? – Nemmeno uno, mia buona dama. – Allora ella rise più forte e picchiò insieme le mani. E subito comparvero dei piccoli uomini con un lungo cappuccio; piccoli... guardate, non più alti della mia mano. Io li ho riconosciuti subito; sono gli gnomi, quelli che custodiscono i tesori che sono nel fondo della terra. Essi si inchinarono davanti alla fata, e quella mi disse: Va, va con loro; ti insegneranno dove sono i bei sassi... E mi fece un grazioso segno con la mano, poi si sollevò nell'aria e sparì... Io stetti un pezzo a guardare lo strascico del suo lungo vestito, che si dileguava come la nebbia. Ma poi, sentendomi tirare per la veste, mi ricordai degli gnomi, e siccome essi si mettevano a correre, andai dietro a loro. Ebbene, essi mi condussero in un luogo dove non ero mai stato, dove erano certe roccie che parevano argento; e su quelle roccie erano sparsi dei sassolini di vari colori, e io li raccolsi tutti, e ne riempii il mio paniere. Quando esso fu pieno io avrei voluto avere qualcosa di più... Sapete, pensavo: Questi gnomi hanno dei tesori; sanno dove sta l'oro, l'argento, dove sono i diamanti grossi come noci. Se volessero soltanto regalarmi un diamante piccolo, piccolo appena come una nocciuola, io sarei già contento. E perchè non glielo domanderei? Oggi la giornata è buona. Mi chino, e dico: Signori gnomi, io li ringrazio assai, ma se invece di darmi solo questi sassi, che pesano, mi volessero regalare un pezzo d'oro, o una pietra preziosa... io potrei uscire di miseria per tutta la mia vita...

– Non ti piacciono dunque quei sassi? – mi chiede uno degli gnomi, con una vocina da grillo.

– Preferirei altra cosa, signor gnomo – dico io, prendendo coraggio – qualche manciata di diamanti, per esempio, o quello che vogliono le signorie loro.

– Ebbene, butta via le pietre che hai nel paniere – mi dice lo gnomo. E io subito lancio quei sassolini a piene mani qua e là, finchè il paniere fu vuoto. E allora... allora gli uomini scoppiano in una gran risata, che non finiva più, e tutta la montagna rideva, dalla cima fino in fondo, e le risa crepitavano, come quando piove sulle pietre ancora asciutte....

– Sciocco, sciocco! – gridò lo gnomo fra le risa. Quelle che avevi erano tutte pietre preziose, e le hai buttate via!

Io, tutto sbalordito, guardo, e vedo i sassi che avevo buttato via luccicare sulla roccia, e mi accorgo che proprio erano diamanti, rubini e altre gemme, che dovevano costare milioni e milioni!

Io mi butto in terra per raccoglierli... Che! Tutto, in un momento sparisce; e io sono gettato violentemente contro una roccia, e mi faccio un bernoccolo sulla fronte. Ero stato precipitato poco lontano di dove mi ero adagiato, quando era venuta la fata; ed ero solo, col mio paniere vuoto, e la fronte che mi sanguinava…

– Già, avevi dormito, e ora ti svegliavi, – disse il dottore ridendo. Ma tutti gli altri avevano ascoltato ansiosi la fine della storia.

– No, no, non avevo dormito, – rispose il gobbo scotendo il capo, – sono scherzi che fanno le fate o gli gnomi; e io mi sono messo a camminare e a cercare quelle roccie, dove mi avevano condotto. No, non le trovai nè quel giorno, nè mai più.

La storia era stata ascoltata con volto incredulo e dubbioso dai giovanotti, che erano andati a scuola o avevano fatto il soldato; dal notaio, dal farmacista e da pare Gioanni; ma il solo dottore aveva osato metterla apertamente in forse; gli altri, anche quelli che ostentavano di essere spiriti forti, ne erano scossi in fondo: eh, con le fate e quell'altra gente *del di là*, non è buono scherzare; specialmente la sera dei morti…

– È un fatto, – disse un montanaro d'una certa età, che passava per uomo d'esperienza, – che chi frequenta la montagna, anni e anni, ne vede delle cose... – E cominciò anche lui una storia, in cui il soprannaturale aveva gran parte.

Ma chi aveva ascoltato più avidamente di tutti la meravigliosa storia di Bastiano, era Daniela. Con gli occhi fissi, le labbra semiaperte, le narici dilatate ella aveva seguito il volo di quella fata su per la montagna, e la corsa dei piccoli gnomi, e le risate crepitanti fra le roccie. Come le piacevano quei racconti! Giorno e notte ella sarebbe stata a sentirli. Non che credesse proprio; il suo buon senso la difendeva da molti pregiudizi, da molte ubbie assai frequenti tra i suoi compaesani, ma la divertiva tanto quel mondo fantastico nel quale era trasportata dai racconti! Sul suo viso c'era un così vivo entusiasmo che Ambrogio, il quale non la perdeva mai di vista, le disse:

– V'è piaciuta dunque tanto questa storia, Daniela?

– Tanto, tanto! – mormorò lei, aprendo le labbra a un sorriso; il primo in tutta la sera.

– Vi piacciono tutte le storie, vero, Daniela? – continuò lui, felice.

– No, solo quelle belle.

– Ebbene, Daniela, io a casa ci ho un libro... un libro che doveva essere stato di un mio zio, quello che andò a finire in America, se vi ricordate, e quel libro contiene molte storie, anche più belle di quella che ha raccontato Bastiano.

– Più belle? – fece lei, incredula.

– Sì, Daniela; io almeno lo credo... E se lo volete, domani ve lo porterò. –

Il sorriso e lo sguardo con cui ella lo ricambiò, compensò il giovane della freddezza di tutta la sera.

— Ve lo voglio regalare, Daniela, – disse Ambrogio.

– Grazie, grazie, – rispose lei, e gli stese la mano. Egli la strinse, con una gioia profonda. Se avesse osato, quali parole le avrebbe mormorato in quel momento! Ma disse soltanto:

– Volete ancora una castagna, Daniela? –

I discorsi intanto si erano volti, parte alla politica, capitanati dal farmacista, parte, (ed erano le donne specialmente) ad altre reminiscenze strane o paurose di diavoli, di streghe, di folletti. Quella notte, chi non lo sapeva? i morti giravano per le case, e cercavano la loro parte per mangiare: poi si radunavano tutti in processione, e andavano per il paese, tenendo come torcia ciascuno il proprio dito mignolo acceso... Più d'uno della compagnia si ricordava benissimo di avere incontrato tale processione nella notte dei morti... Brr!...

Dei brividi di paura scorrevano per le fibre di tutti; le donne si stringevano l'una all'altra: pensavano con sgomento al tratto di strada che dovevano percorrere per andare alle case loro, e cominciavano a desiderare che i mariti, o i padri e i fratelli si movessero...

– Non dimenticare di mettere sulla finestra un po' di provvista per le anime, Daniela, – disse la Madre Viginia a sua figlia. E Daniela subito dispose in un piatto alcune castagne, e delle noci e delle fave crude, e poi disse a Rita e a Geppino di accompagnarla su; la mezzanotte non era lontana, ed ella voleva che i morti passando trovassero da rifocillarsi dal lungo viaggio...

Ma tutti gli altri si mossero pure sollecitamente. A nessun garbava di essere sorpreso a mezzanotte per via: nessuno voleva incontrare la processione dei morti, che vanno taciti, involti nei lenzuoli, col mignolo acceso... Così la comitiva si licenziò, con grande rumore di sgabelli smossi e di zoccoli... I lanternini furono accesi, e le varie brigatelle si incamminarono tutte per i sentieri che conducevano alle loro umili case; alcuni ricominciarono a recitare in coro il *De profundis*.

Daniela, che era salita nella sua camera, con la mano ancora indolenzita dalla stretta di Ambrogio, aveva aperta la finestra, e deposto il piatto sul breve davanzale... Ma rimase ancora un momento là, come affascinata dalla bellezza dello spettacolo, che pur era tanto famigliare ai suoi occhi. Quel giorno aveva nevicato un poco, ma ora splendeva la luna. E quel vago biancore, sparso qua e là sulle sporgenze delle roccie, prendeva bagliori fantastici e forme nuove. Il cielo era limpido, e le stelle parevano vicine. Un bosco di abeti nereggiava in fondo, e lo scrosciare del torrente giungeva fragoroso nella tacita calma della notte. Lontano, alte, scintillavano le cime già coperte di ghiacci: mentre lungo il pendio, fin giù nella valle, le casette di pietra grigia, accoccolate sotto la luna, parevano branchi di umili bestie dormenti. E una pace alta, infinita, pioveva dai cieli, si diffondeva silente su tutta la montagna, dai gioghi inaccessibili, fin giù nelle valli profonde...

Daniela stese le braccia, come per stringere in un amplesso quel cielo, quei monti lontani, o forse il suo sogno, il suo vago sogno, che fluttuava nell'aria, sui raggi della luna.

II

FIOR D'ALPE.

Daniela Roissard, la figlia di pare Gioanni, era veramente una ragazza singolare. Figlia di un rustico montanaro, che appena sapeva fare la propria firma, e leggicchiava a stento l'articolo di fondo della Gazzetta del Circondario, e di mare Vigina, una donna di mediocre intelligenza, la cui cultura consisteva nel sapere a memoria le preghiere che si recitano alla messa e alla benedizione, Daniela aveva invece mostrato, fin da piccina, una vivissima prontezza d'imparare, una mente rapida, acuta, bramosa di sapere, aiutata da una memoria avida e ferma. L'avevano mandata a scuola per due anni, dalla maestra Carotti, che le aveva insegnato tutto quello che sapeva lei stessa, cioè leggere correntemente, e scrivere con una calligrafia discreta. Ma, finita la seconda classe, non v'erano altre scuole in quell'alpestre paese di Tuolo, e Daniela dovette rimanersene a casa. Non aveva che nove anni allora. Ella avrebbe ben voluto continuare ad andare a scuola, giù al paese, per esempio, dove c'era fino una quinta classe! E poi finita quella, chi sa mai dove volavano i sogni di Daniela! Forse fino alla città, dove, le avevano detto, ci sono delle scuole anche per le ragazze grandi!.... La signora Carotti, la maestra, vedendo l'ardente desiderio della fanciulletta, aveva osato parlarne a pare Gioanni: ma non ci tornò la seconda volta! Pare Gioanni era rimasto addirittura scandolezzato al pensiero che sua figlia potesse andare ancora a scuola, nell'età in cui le ragazze devono aiutare la mamma, e stare modestamente in casa; e poi, come? Daniela sarebbe andata a stare in pensione presso qualche famiglia, o in collegio, fuori di casa sua? Lontana dal suo paese?

Dove s'era mai vista una simile cosa?... Pare Gioanni era così arrabbiato, che disse il fatto suo alla povera maestra, la quale per un pezzo non osò più presentarsi agli occhi del signor sindaco. Così Daniela restò in casa ad aiutare mare Vigina e Rita, la serva.

C'era il suo daffare in quella casa. Rattoppare per Gioanni, fare un numero infinito di calze o pedali, filare, tessere, rivedere la roba del bucato, fare il pane, cuocere il desinare, dare una mano a ripulire la casa, a rifare i letti, a rigovernare le stoviglie...

Tutte queste cose le imparò Daniela, ma senza entusiasmo, e senza metterci quella diligenza che altra volta adoperava per scrivere una bella pagina, o per mandare a memoria una poesia del libro di lettura. Le faccende domestiche le mettevano malinconia. Più di una volta, mentre menava su e giù la granata sull'impiantito delle camere, o mentre con uno straccio toglieva qua e là la polvere e i ragnateli, grosse lagrime scorrevano sul suo visino, ed ella aveva la sensazione di essere costretta ad un lavoro umiliante ed indegno di lei.

Nessuna delle cose che rallegravano suo padre e sua madre le faceva piacere. Le belle mucche nella stalla, il gregge numeroso delle vacche e delle pecore, il grosso maiale, che si ammazzava festosamente, le strappavano appena uno sguardo distratto. I campi di segale, biondeggianti nel sole di Agosto, le piacevano solo perchè *erano belli*, e le parevano un mobile mare dorato, ma non le importava nulla del calcolo che pare Gioanni faceva per ciò che avrebbero reso quell'anno. Si soffermava invece estatica a guardare i declivi del monte, sparsi di rododendri e di ciclami; il rumore del vento tra gli abeti le metteva una malinconia nostalgica nel cuore; le belle cime nevose, dorato dall'aurora o dal tramonto, le rapivano esclamazioni di tenera meraviglia....

Ella amava le piante e gli animali della montagna: ne amava ogni colore, ogni voce; le cascatelle dell'acqua, il torrente delle ondi verdi, orlate di bianca spuma, il piccolo lago lassù, che aveva una così strana leggenda. Ella intendeva le voci del vento, dell'acqua, dei rami; tutte le belle cose della natura avevano per lei un'anima, che ella capiva. Sapeva tante storie di fate, tante leggende della montagna, ed ella amava raccontarle a sè stessa, piano, quando la mandavano al prato, con poche pecorelle ed ella sedeva sotto un albero, con la sua calza in mano. Ne inventava anche, delle storie curiose, e finiva col crederei, come se fossero vere. Imaginava che gli alberi si parlassero fra loro, ed era lei che interpetrava quelle parole; i fiorellini, le pianticelle, gli insetti intorno a lei, tutto viveva una vita che ella stessa creava... A lei veramente parlavano lo fate della montagna, e le ninfe del bosco.

L'anima sua si perdeva e si beava in quei sogni, e ogni cosa che la richiamasse alla noiosa realtà della vita, le era ingrata, spiacevole.

L'anno dopo le era nato un fratellino, che fu accolto con gran gioia da pare Gioanni. Per quella sua unica figliuola il montanaro non aveva mai avuto grande affetto. Prima di tutto egli aveva desiderato un maschio, e la nascita di lei era stata per lui una delusione. Poi Daniela era troppo diversa da come l'avrebbe voluta lui; anche da piccina non si divertiva come le altre bambine; le piaceva di star sola, rincantucciata a guardare le figure di un vecchio lunario, e dimostrava poca tenerezza per lui; il che lo offendeva nella sua qualità di padre. Daniela era assai più affezionata alla mamma: ma la povera Viginia era una creatura così malinconica, sommessa e silenziosa, aveva così interamente abdicato ad ogni autorità nella sua propria casa, che era proprio come se non esistesse. Quando nacque finalmente quel maschio, Geppino, la gioia e l'orgoglio di pare Gioanni furono grandissimi. Il nuovo venuto diventò presto l'idolo e il tiranno della casa, e Daniela passò nell'ombra; nessuno più badava a lei: tranne sua madre che qualche volta le dava un'occhiata, sospirando.

Daniela vide con collera quell'intruso nella casa. Quell'intruso che strillava ogni momento, e che ella doveva tante volte cullare, per ore e ore, prima che si addormentasse. Ma più tardi glielo diedero anche in braccio, perchè lo portasse un po' fuori, e nelle belle giornate ella lo metteva a sedere sopra l'erba, vicino a lei, mentre ella faceva la calza e guardava anche le pecore. Allora incominciò ad amare teneramente quell'esserino che le tendeva le braccia, per essere levato su, che le tirava i capelli per farle una carezza, che le mordeva e baciucchiava la faccia. Le faceva compagnia tutti i giorni, e già ella gli insegnava a camminare, ed era una gioia quello stare insieme, vicini, tra i fiori, e parlarsi in un linguaggio che pare un balbettìo o un cinguettar d'uccelli, e ridere di nulla, e giocare, e rincorrersi, e abbracciarsi.. Venne presto anche il tempo in cui a Geppino piacquero le storielle, e diceva alla sorella: racconta, racconta ancora. Ed ella raccontava. Le fiabe che aveva già udite, i raccontini del suo libro di scuola, ed anche tante altre storie che inventava lì per lì, o che non sapeva se uscivano dalla sua memoria, perchè lei le avesse udite tanto tanto tempo fa! Don Balsamo le aveva prestato tutta la sua biblioteca, un libro alla volta; una ventina di volumi; storie di santi, leggende, prediche, e qualche vecchio libro di racconti morali... Daniela li sapeva già tutti a memoria.

Ma poi venne pure il tempo in cui Geppino andò a scuola, dal maestro Busio, e imparò a leggere e a scrivere anche lui, specialmente per l'aiuto della sorella. Ma era assai meno pronto di Daniela a imparare! Ella si stupiva, pur senza perdere mai la pazienza, che Geppino preferisse fare una partita alle palline, coi suoi compagni, che eseguire con diligenza una bella pagina di *o*. Si stupiva e si doleva che egli non provasse nessun interesse a decifrare una pagina del suo sillabario.

«Le storie che racconti tu, sono molto più belle,» diceva alla sorella. «E poi, non si fa fatica». Ella era già ormai una ragazza grande, e capiva tutto quello che leggeva. La signora Bigotti, la moglie del farmacista, le prestò una raccolta di vecchie appendici, (non ne mancavano che tre) che conteneva un romanzuccio francese, tradotto assai male: ma a Daniela parve un capolavoro, ed ella pianse ai casi tristi della protagonista. Era tutta una storia d'amore. D'amore! Ella aveva visto nel villaggio or l'una or l'altra delle sue compagne innamorarsi e sposare, ma era tutta altra cosa che l'amore di quel romanzo. Che belle cose si dicevano quelli innamorati! Come si scrivevano!

Che strani casi capitavano loro! Certo il povero Ambrogio, che incominciava già a tenerle dietro, in chiesa, e l'aspettava tornando dal pascolo, e veniva a veglia da lei, non avrebbe mai saputo dirle nemmeno una di quelle belle parole, per esprimerle che l'amava! No, no, la gente lassù non sapeva certo che cosa fosse l'amore! E mai, mai ella si sarebbe sposata come le sue amiche, con uno di quei rustici pretendenti di montagna, che non conoscevano gentilezza, ed erano cosi ignoranti, e rozzi e aspri come le loro roccie. Era stato un altro soggetto di malumore in casa, questa sua ripugnanza a maritarsi a mo' delle altre. Ambrogio aveva parlato con suo padre, e questi sarebbe stato contento di dare Daniela a quel bravo giovane, agiato e laborioso Ma appena ne aveva parlato alla ragazza, questa aveva dichiarato che per *allora* ella non voleva prendere marito.

– Stupida! – le aveva gridato pare Gioanni; – e chi vorresti che ti prendesse eh? un signorino della città, senza un soldo, che ti mangerebbe i pochi che hai tu, e ti farebbe più misera del sasso che tutti pestano coi piedi!

Erano state delle scene, nelle quali Daniela opponeva sempre molte lacrime e poche parole, e mare Viginia cominciava col sospirare, e finiva col soffocare della sua asma; e Geppino prendeva il partito della sorella. e diceva a suo padre:

– Ma lasciala stare, Daniela! Non voglio che tu la faccia piangere...

E il padre, che soffriva ogni cosa dal suo prediletto, se ne andava sbuffando.

Il giorno dopo quella prima veglia in casa di pare Gioanni, la povera mare Viginia ebbe ancora male. Era il cuore che la tormentava, diceva il medico; ella non sapeva che fosse, ma certo dopo la nascita di Geppino non era mai più stata proprio bene. Un soffocamento, un mancamento di respiro e di forze, che la prendevano dopo ogni più lieve fatica... Ella diceva sospirando che oramai non era più buona a nulla, e che sarebbe stato meglio se ne fosse andata, dove eran già tanti.... Ma Daniela, uscendo dalla messa con Geppino, andò alla farmacia, a farsi preparare il calmante, e che il dottor Fanfari le aveva ordinato una volta per tutte...

Era una mattina assai fredda ed umida, e Daniela fu ben contenta d'entrare un momento a prendere un po' di calore dalla buona stufa che si arroventava in mezzo alla bottega.

Ma le seccò un pochino che la farmacia fosse piena di gente... Il dottore, il notaio, due o tre proprietari del paese, il maestro Busio e un altro, uno sconosciuto....

– Oh, Daniela! – esclamò la signora Bigotti, che serviva in farmacia., in qualità di commessa, aiutando il marito, – come va? Mare Viginia, sta poco bene? O Geppino! Vuoi la liquorizia?

E dopo avere esaminata la ricetta, che era sempre la medesima, da otto anni, la signora Bigotti si dispose a prepararla, e, vedendo la soggezione di Daniela:

– Entra qui intanto – le disse, e la fece entrare nel piccolo retrobottega, dove i due ragazzi trovarono una panca per sedere, aspettando. Da quella retrobottega si vedeva benissimo tutta la farmacia, specialmente il centro, dove era la stufa, presso la quale sedeva lo sconosciuto. Daniela lo osservò con stupore.

Non era certo uno della montagna. Era un uomo ancor giovane, magro, alto, biondo, già un po' calvo sulla fronte, con gli occhiali, vestito con un taglio diverso da quello cui erano avvezzi a Tuolo gli occhi. A Daniela parve quella somma eleganza: una cravattina sottile, nera, sul petto inamidato della camicia; un soprabito nero calzoni grigio scuri e panciotto uguale, e sul panciotto una catenina che poteva essere d'oro, con qualche ciondolo attaccato. Due manichini inamidati biancheggiando fuori delle maniche, e vi brillavano due bei bottoni, d'oro, certamente...

Lo sconosciuto parlava, e la sua voce, adoperando un piemontese più elegante di quello che si usava a Tuolo, imbastardito di voci dialettali francesi, la sua voce era lenta, sicura, risoluta, un po' secca anzi, come di uno che sa a perfezione quello che vuol dire, e che stima sè stesso assai più del suo uditorio.

– E così io son d'avviso che ai giorni nostri ogni comune che si rispetta dovrebbe avere un corso completo maschile, un corso completo femminile. Le cinque classi dell'uno e dell'altro sesso. Le scuole, signori miei, – diceva lo sconosciuto girando sui suoi ascoltatori uno sguardo lento e severo, – le scuole dovrebbero essere il primo pensiero del Municipio, il primo pensiero dei privati, la preoccupazione precipua di ogni famiglia. E nella scuola che noi prepariamo la generazione futura. Guardate la Svizzera, guardate l'Inghilterra, guardate l'America del Nord; sono gli stati che spendono di più per l'Istruzione pubblica! E sono i più prosperi! Noi in Italia facciamo poco, facciamo poco, facciamo poco!..

– Eh già... – masticò il farmacista, – ma e i denari? Non abbiamo denari.

– Eppoi, le nostre scuole, – continuò lo sconosciuto senza badargli, – le nostre scuole, non rispondono ancora all'ideale pedagogico moderno.... La scuola per la vita! Ebbene, dov'è questa scuola per la vita? Chi la fa! Noi non siamo che dei parolai. Eppoi, il metodo! In quasi tutte le nostre scuole siamo ancora al metodo antico.... Bisogna arrivare al metodo socratico, al metodo razionale, al metodo naturale, se vogliamo far qualcosa di buono. Spencer, Spencer solo ha ragione! E tutto il resto son chiacchiere.

L'uditorio pareva intimidito da quella eloquenza, che non capiva bene, benchè l'oratore si degnasse di esprimersi in piemontese, contentandosi di mescolarvi qualche voce italiana, quando i pensieri erano troppo alti per l'umile veste del dialetto. Anche Daniela, alla quale nessuno badava, era sorpresa e ammirata di quel discorso e di quell'uomo.

– Chi è quel signore, – domandò quando la signora Bigotti le diede la medicina.

– È il nuovo maestro, – rispose la farmacista. – Un maestro che viene da Torino! Un talentone! Uno che la sa lunga! hai sentito i bei discorsi che fa?

– Ah, ma allora sarà il maestro di Geppino! – esclamò Daniela, contenta, senza sapere perchè.

– Uh, che tipo! – disse irriverentemente Geppino, facendo le boccaccie.

– Geppino! – ammonì con severità Daniela. Le pareva che il fratello avesse fatto un'offesa a lei.

– Sì, farà la terza e la quarta, – spiegò la farmacista. – Ma già per conto mio sono soldi sprecati. Che bisogno c'era di due classi di più? Chi ci andrà a scuola? Una diecina di marmocchi. Ah!... fece poi, battendosi la bocca col pugno chiuso. Si ricordava in quel momento che era stato pare Gioanni, il sindaco, a sostenere calorosamente la proposta del nuovo maestro, perchè pare Gioanni voleva che suo figlio andasse ancora un po' di tempo a scuola.

– Del resto, – concluse, per riparare alla sua imprudenza, – la scuola è sempre una bella cosa. –

Daniela se ne andò, con la sua bottiglietta, e mentre ella passava, e gli uomini che erano in farmacia la salutavano, ella si accorse che lo sconosciuto si voltava a guardarla, e che domandava al dottore chi ella fosse... e si sentì diventare rossa di piacere e d'orgoglio. Per la strada si sentiva leggera, come una farfalla; non aveva più freddo, la montagna grigia e imbronciata le pareva così bella. Diede un soldo a Nanni lo zoppo che le chiese l'elemosina.

– Come sei rossa! – le disse mare Vigina, prendendo il suo cordiale.

– Ho camminato in fretta, mamma!

A mezzogiorno, tornando in casa pare Gioanni parlò del nuovo maestro.

– Così potrai andare ancora a scuola due anni, – disse a Geppino, – e se ti porterai bene, chi sa! Ti manderò anche a Pinerolo e a Torino.

– Come si chiama quel nuovo maestro? – domandò a voce bassa Daniela.

– Carlo Rinaldi.... Me l'ha raccomandato proprio a me il deputato. Ha fatto le scuole Normali a Pinerolo, e poi ha studiato un paio d'anni a Torino. È un giovane, un giovane.... Basta, se Geppino non imparerà niente bisognerà poi dire che è proprio un asino.

– Io l'ho visto in farmacia. Ha una faccia che non mi piace, – disse Geppino.

– Sciocco! – rispose il padre. E questa volta Daniela fu contenta che il ragazzo fosse sgridato.

– Ha un paio d'occhiali, e due baffetti piccoli piccoli! hi, ih! – continuò Geppino.

– Sciocco! – ripetè il padre, pur ammirando lo spirito del ragazzo.

– E un colletto che non so come faccia a respirare. A momenti lo strozza. E una cravatta ih, ih!...

– Finiscila, via! – disse questa volta Daniela, con tono irritato.

– Oggi verrà quì da me, – disse pare Gioanni.

– Chi? – fecero tutti insieme, la moglie e i due figliuoli.

– Il maestro Rinaldi.

– Il maestro Rinaldi!

– Si. Vuole venire lui. Cerimonie inutili; ma lui dice che è il suo dovere.... Sciocchezze!... Ma poichè vuole.... Venga pure. Gli daremo un bicchiere di Cavelli.

Daniela non mangiò più, e prima che gli altri avessero finito, ella era già nella sua camera.

E là, corse subito a uno specchio che alcuni anni fa era stato comperato alla fiera di Pinerolo, e che era verdastro con molte chiazze scure e con la cornice di latta. La faceva brutta quello specchio, e quel giorno le spiacque più del solito. Ma cominciò subito ad accomodare i suoi capelli, a renderli più molli e sbuffanti sulla fronte, a rialzarli sulla nuca in maniera civettuola. E intorno al collo legò un nastro di velluto nero, e si tolse il grembiale rozzo di tela per mettersene uno rosa, ricamato da lei....

Davvero che così accomodata Daniela era graziosa, e se ne assicurò con un'altra, lunga occhiata allo specchio; poi corse subito di là, timorosa che il maestro avesse potuto già arrivare... Che le importava del nuovo maestro? Oh, nulla! Era solo perchè parlava così bene! E a lei piaceva sentir parlare bene!

Non era ancora venuto, e Daniela prestamente si mise a fare un po' di pulizia nella stanza, quella che serviva da pranzo e da ricevere, un camerone col soffitto a travi affumicate, e con l'impiantito di legno. Mentre Daniela passava un cencio sui vecchi mobili di quella stanza, ella pensava che dovesse parere ben brutta, a uno che veniva da Torino. Era grande, infatti, ma poco chiara, scarsamente illuminata da quattro piccole finestre difese dalle inferriate. Sui davanzali c'era qualche vaso di geranio, che Daniela stessa coltivava. Nel mezzo una grossa tavola pesante, e la rozzezza ne era velata da un tappeto ordinario di tela juta, che era già un lusso non comune nel paese. Una panca di legno vicino alla tavola, e tre o quattro rustici sgabelli. V'era soltanto per mare Viginia una specie di poltrona di giunco, con sopra un piccolo cuscino. Alle pareti una scansia, con dentro poche stoviglie, molto ordinarie, un armadio per i cibi, e due grandi guardarobe di noce. Non v'era altro, fuorchè una grossa stufa di ghisa nell'angolo. Certo un'insieme nudo, quasi misero, pensava Daniela, per chi è avvezzo alla città.... E continuava a moversi qua e là, spostando ora una cosa ora l'altra nella speranza di rendere meno squallida quella povera stanza....

– Oh, santa Filomena mia! – sospirò mare Viginia – ma non girarmi più intorno così! Sta cheta. Mi sembri un arcolaio....

Difatti pareva a Daniela di non potere star ferma, era inquieta e nervosa; e guardava con ansia e impazienza alla porta.

Finalmente comparve il nuovo maestro, più bello, più elegante ancora di quello che fosse al mattino.

Aveva ora una cravatta color rosa tenero, e una giacchetta corta e stretta, sugli stessi calzoni grigi; a Geppino parve assai buffo, quell'uomo lungo e magro nella scarsa giacchetta, ed egli fece una smorfia, che indispettì Daniela; lei lo trovava così bello, il giovane maestro!

– Sedete qui, sedete qui, alla buona; qui non si fanno complimenti, siamo in montagna, non siamo mica a Torino, – disse pare Gioanni, con un suo grosso riso, interrompendo i cerimoniosi saluti del giovane. – Daniela offrì da bere. Cosa preferite. Del Cavelli bianco? O un buon Barbéra? Già, io sarò sempre per il Barbéra.

Daniela offriva il vino con mano un po' tremante, assai rossa in viso. Il maestro la guardò con una certa curiosità attraverso gli occhiali.

– È sua figlia la signorina, signor Sindaco? – domandò cortesemente.

– Mia figlia, sì. Ma questa non va più a scuola. Ha finito di crescere. Benchè la testa ce l'avesse buona. Sì.... legge come una maestra. Ma per le donne è roba che non serve. Preferisco che sappiano lavare, cucinare, cucire! Che penne e che libri! Quando sanno notare quello che spendono ogni giorno, non basta? E scrivermi una cartolina quando son fuori, per dirmi che tutto va bene. Ma questo qui, vieni avanti Geppino! questo monello qui sarà vostro allievo, maestro. Ha finito quest'anno la seconda.... leva quel dito dal naso! e il maestro Busio dice che non c'era male. Io non me ne intendo, ma sapete bene, i maestri qualche volta non dicono proprio giusto... Credo che questo ragazzo, ma sta su ritto! avrebbe potuto imparare un po' di più. Ma ha poca volontà, di studiare. E io voglio che vada ancora a scuola, per due anni almeno, e che impari quello che è necessario al giorno d'oggi per far bene i propri affari. Al giorno d'oggi i gonzi sono imbrogliati da chi ne sa più. Bisogna studiare per poter imbrogliare gli altri. Dico bene, maestro? Geppino, sta fermo! Guarda il tuo maestro, e pensa che da domani andrai a scuola da lui, e che devi diventare un uomo... fino! fino!

Geppino, senza mostrarsi punto compreso dell'importanza delle cose che si volevano da lui, continuò a contorcersi, a dimenarsi, a fare smorfie e boccacce, mentre *il maestro* guardandolo con molta serietà sopra i suoi occhiali, diceva:

– Già... ha ragione tuo padre, Geppino! Il sapere è potere ai giorni nostri, e anzi calza così il vecchio adagio che *volere è potere.*

Colui che impara più degli altri, si innalza al di sopra degli altri. A scuola ti dirò che tutti i grandi uomini furono uomini sapienti: vuoi tu diventare un grand'uomo, Geppino?

– Nooooh!... – piagnucolò Geppino, dimenandosi.

– No! E che cosa vuoi tu dunque diventare?

– Voglio andare in pastura con Bastiano!...

– Sciocco! – gridò il padre, indignato di quei vili sentimenti della sua prole.

Ma Geppino gli era sgusciato di mano, e senza prendere altrimenti congedo, in un batter d'occhio era sparito.

Il discorso continuò ad aggirarsi sulle scuole, sull'istruzione e i suoi vantaggi, sull'avvenire del contadino, sulla necessità di imparare la coltivazione della terra, l'allevamento del bestiame, finchè pare Gioanni, nonostante tutta la sua buona volontà di ascoltare il sapiente maestro, cominciò con lo sbadigliare e terminò col reclinare il capo sul petto, russando rumorosamente. Quanto a mare Viginia, ella dormiva da un pezzo nella sua poltrona di giunco, col mento aguzzo nella cavità adusta e grinzosa del collo, la bocca socchiusa, dalla quale un lieve sibilo usciva.

Il maestro si era rivolto all'unica ascoltatrice rimastagli, e parlava con voce monotona e grave, esponendo con fare cattedratico le sue massime, precise e solenni, come se le leggesse in un libro stampato.

Daniela non si rendeva più bene conto di quello che egli veniva dicendo, ma quella voce, quelle parole l'avvolgevano in un'estasi fatta di riverenza, di timore, d'ammirazione. Le pareva di essere stata improvvisamente trasportata in un mondo diverso dal suo, ma già noto alla sua anima; in un'aria più pura, dove il suo essere vibrava deliziosamente. Ella guardava fisso il maestro, che parlava, parlava, lusingato da quell'attenzione; e il russare del padre, e il lieve sibilo delle labbra materne, e il rumore del vento nella canna della stufa, tutto le si confondeva nella testa col suono delle parole di lui; e le pareva un'armonia dolce, squisita, che le dava una sensazione di felicità profonda.

III.

Amore, amore!..

L'inverno fu molto freddo; la montagna teneva il broncio. Aveva nevicato quasi continuamente, e a stento i montanari erano riusciti a tracciare qualche sentiero fra casa e casa; il paesello pareva oramai deserto, tutta la vita si concentrava intorno al focolare dove ardevano, anche per i più poveri, enormi ceppi, o nella stalla, dove il fiato e il calore delle bestie mantenevano una temperatura soavissima. Ah, che buone serate eran quelle, le donne filando o facendo grosse calze di lana, gli uomini chiacchierando, intenti qualchevolta pur essi a lavori grossolani d'intaglio, alla costruzione di mobili primitivi, di arnesi, di utensili, che a primavera le donne avrebbero portato a vendere giù alla città! Fuori ululava il vento nelle gole della montagna; scricchiolavano e si spezzavano i tronchi degli abeti, sotto l'enorme peso della neve; le nuvole basse nascondevano le cime dei monti dove ruggivano minacciose le valanghe; dentro era il tepore della stalla, il riso delle donne, lo spesseggiare allegro del lavoro, e anche spesso un lieto germogliar di amori, che dovevano sbocciare a primavera....

Sempre gli stessi, i frequentatori delle veglie di pare Gioanni; gli stessi antichi e di nuovi il maestro Rinaldi. Veramente quest'aggiunta agli ospiti abituali aveva rallegrato mediocremente la compagnia. Il fare pretenzioso e cattedratico, i discorsi pedanti e spesso oscuri del nuovo maestro opprimevano quelle animo semplici e rudi di montanari. Dapprima lo avevano ascoltato con deferenza, dissimulando alla meglio la noia profonda, che scendeva su loro dalle dotte labbra del pedagogo; ma, un po' alla volta, si erano fatti più arditi, e ciascuno procurava di mettersi al riparo della saporifica eloquenza, evitando la vicinanza del maestro, e anche piantandolo in asso sul più bello del discorso. Così il povero Rinaldi era ridotto a parlare alla sola Daniela, che lo ascoltava religiosamente, e qualchevolta, così per scrupolo o per vanità si aggiungeva a loro il maestro Busio o la maestra Carotti, o il notaio. Bisognava pur far vedere che si è studiato, e che le dotte cose esposte dal nuovo venuto non erano estranee alla loro mente... La scuola normale, il liceo s'erano fatti anche da loro, caspita! o che non si doveva dunque sapere cosa fosse la pedagogia e tutte le altre belle cose che colui aveva imparato di fresco, e delle quali si faceva bello? Daniela, lei, no, non aveva mai imparato nulla, ma era la sola che prendesse veramente gusto alle dissertazioni del giovane maestro. Ella guardava con indignazione quella rozza gente, che mostrava così chiaramente di non capir nulla, e di non desiderare nemmeno di capire! Ella era mortificata per lui!

Un ingegno simile doveva perdersi in quel paese selvaggio, che non poteva offrirgli nemmeno la più piccola soddisfazione, e dove anzi la scienza veniva disprezzata e derisa! Ella non sapeva darsene pace. Avrebbe voluto avere cento orecchie per ascoltare, un cervello capace di accogliere e capire ogni parola del dotto uomo.... e invece!... ella era così ignorante, così sciocca, povera Daniela!

È vero che egli si degnava di istruirla. Le prestava dei libri, le spiegava i fatti della natura e della storia, le nominava i poeti e i prosatori della nostra letteratura, e anche i principali filosofi, e pedagogisti e moralisti, tanto che il cervello di Daniela era diventato un grande magazzino, nel quale le cose più eterogenee erano accatastate confusamente; ma siccome ella non era una stupida, così quei lumicini incerti e molteplici, che venivano dalla sua nuova scienza non servivano che a farle vedere le tenebre ancora tanto fitte della sua ignoranza. Ah, se avesse potuto studiare davvero!

imparare tante cose, ma ordinatamente, fondatamente, come possono fare quelli che hanno tempo e che vanno a scuola!

Ma quando ella prendeva un libro in mano, suo padre la sgridava aspramente, e sua madre si lamentava che quella unica figliuola le era di ben poco aiuto; che c'era da aiutare al bucato; da fare il pane; da rassettare le robe di Geppino, invece di logorarsi gli occhi sopra i libri stampati, che servivano solo a farle perdere il suo buon colore e renderla trasognata e distratta!

Una sola occupazione intellettuale le era permessa, quella di fare la ripetizione a Geppino. Il ragazzo, anche col nuovo maestro, approfittava poco; era smemorato, svogliato, e non serviva sgridarlo e castigarlo, le cose nella testa non gli entravano. Era sempre necessario che Daniela lo aiutasse a fare i compiti, a capire le lezioni; e Daniela lo faceva assai volentieri. Per mezzo delle pagine dei quaderni e del libro di suo fratello, ella comunicava spiritualmente col maestro. La lezione che Geppino recitava a lei, l'avrebbe detta, poche ore dopo, a lui: quelle pagine scritte dal fanciullo, e corrette o dettate da lei, passerebbero fra poco nelle sue mani.... Questo la rendeva contenta tutto il giorno. Da ciò che Geppino ricordava, tornando a casa, ella capiva quello che il maestro aveva detto in classe, ed era come se ella stessa avesse assistito alla lezione! Si abituava così a vivere costantemente con *lui*, a pensare con lui, a ricevere una parte della sua anima nella propria. E la sera *egli* veniva!....

Lo amava dunque Daniela? Ella non lo sapeva ancora. Certo tutto di lui le piaceva. Egli le pareva così elegante, così distinto, così bello!

– Eppoi, ella sapeva bene che nessuno, in quel suo barbaro paese, l'avrebbe compresa mai, come lui la comprendeva! Ma ella non pensava ad altro, e certo non si rendeva nessun conto dei suoi segreti sentimenti; e poi.... lui era tanto alto, troppo alto per lei!

Era anche contenta perchè, finalmente, Ambrogio Criscen la lasciava in pace con le sue assiduità. Difatti il povero giovine non osava più aprir bocca, dacchè il signor maestro accaparrava tutta l'attenzione di Daniela; e se ne stava ogni sera ricantucciato sulla sua panca, dove Margherita Roggia con un pretesto andava a raggiungerlo.

La ragazza capiva bene che Ambrogio ci pativa del contegno di Daniela, e che appena appena egli si accorgeva che ella stessa era seduta vicino, e appena rispondeva con monosillabi quando ella gli parlava; ma, che importa? Tanto Daniela evidentemente non si curava di lui, e lui non finirebbe forse col dimenticarla, vedendosi così disprezzato, e non dovrebbe allora rivolgersi a lei, che era stata così costante nell'amarlo?

Quanto a Daniela ella era quasi riconoscente a Margherita degli sforzi che questa faceva, per conquistare Ambrogio. Le augurava con tutto il cuore di riuscire, perchè sarebbe infine stata liberata lei di quell'affezione del giovane, che l'opprimeva, le dava un fastidio!... Tra le due giovinette si era venata anzi stringendo una più schietta amicizia, dacchè una aveva indovinato chiaramente l'altra.

Un giorno, accompagnandosi per via, tornavano dalla messa e avevano assistito entrambi al divino ufficio con animo tenero e compunto, perchè quel dolce sentimento che le occupava le rendeva ancor più devote, più aperte all'amore di Dio si parlarono francamente e si intesero. Margherita disse a Daniela:

– Bisogna ch'io ti parli schietto, Daniela, e che ti chieda perdono d'un cattivo sentimento che nutrivo verso di te. Anche in confessione me l'ha detto il vice-parroco; ma io non ho mai osato parlartene. Io ero gelosa di te, Daniela.

– Lo so, – disse Daniela. – Ma ora sei persuasa di avere torto?

– Sì, Daniela. Perchè, adesso so che tu ne ami un altro.

– Un altro? – mormorò Daniela, arrossendo.

– Che male c'è da diventar rossa, Daniela? Tu vuoi bene al maestro Rinaldi; si vede. E io sono contenta. Se vuoi bene a lui, non penserai al mio Ambrogio.

– Io non dico di voler bene al signor Rinaldi, – disse Daniela, – ma certo, lo confesso, non vorrò mai bene ad Ambrogio.

– Ecco; e allora saremo amiche, non è vero, Daniela?

– Sì.... Ma chi ti ha detto che io?...

– Che cosa?

– Che io voglio bene....

– Al Rinaldi? Nessuno. Io me ne sono accorta. Ma ti sono amica, e certo non parlerò mai male di te per questo. Che male c'è a voler bene?

– Veramente,... Io non sono sicura di essere innamorata del maestro... No, no... anzi, non lo sono. E lui, credi tu che...

– Che ti voglia bene? Io sì che lo credo!

– Davvero? – esclamò Daniela, guardando l'amica con occhi luminosi.

– Oh si! Vedo bene come ti guarda! E poi non parla con nessun altro che con te, tutta la sera! Tu sei la ragazza più istruita di Tuolo, e si capisce che un uomo come lui non ci trovi gusto a parlare con noialtre ignoranti. Eppoi, tu sei bella...

– Oh!...

– Sì, sì; lo dice anche mio cugino Nando, che ha fatto il soldato, che tu sembri una di quelle signorine che si vedono in giro per Torino... Non somigli niente a noi... È naturale che tu piaccia a un *signore*...

Quando fra due ragazze vi è una confidenza amorosa, si può essere certe che saranno amiche, e che non si annoieranno mai l'una dell'altra. Si cercano, si desiderano, per la sola ragione che ciascuna può parlare all'altra dell'oggetto dell'amor suo, e riempire il discorso di innumerevoli: e lui, e io, e poi.... e di tutte le puerilità che sembrerebbero noiose o stupide a un orecchio profano, ma che sono divine per due fanciulle egualmente innamorate.... Così nacque tra Margherita e Daniela una tenera amicizia, una confidenza sempre più completa e diffusa, tanto che una non ebbe più un segreto pensiero per l'altra. Daniela quindi seppe dall'amica che finalmente, la sera dell'Epifania Ambrogio l'aveva accompagnata sino a casa, e che le aveva fatto un discorso, dal quale Margherita comprese che, un giorno o l'altro, egli sarebbe disposto ad amarla... A noi il discorso di Ambrogio non sarebbe parso forse molto eloquente; ma Margherita aveva l'intelligenza del cuore, e seppe interpretare a meraviglia le parole mancanti o troppo oscure.

– Sì... – le aveva detto, camminando avanti a lei, a grandi salti, per segnarle la strada, che era ancora fangosa e nevosa.... – un uomo, già.... Tante volte proprio, quando è solo... Venire a casa e aversi da far cuocere la minestra... Una serva che si dimentica sempre di attaccare i bottoni... Eh, quando viveva la mamma!... Ma così è!

La casa senza una donna!... Una brava ragazza, già... Qualchevolta si può trovare una ragazza!...

Il buon giovane non si era spiegato di più, ma il giorno della Madonna di Febbraio, proprio sulla porta della chiesa, aveva regalato a Margherita una candela benedetta, tutta dipinta, comperata apposta da lui.... per lei! E il cuore di Margherita le era balzato nel seno, e gli occhi le si erano empiti di lagrime!...

Col carnevale le veglie invernali finirono, e Daniela non ebbe più la consolazione di ascoltare le lunghe parlate del maestro, che erano tutte per lei, solo per lei, nel dolce tepore della stalla, mentre l'altra gente gridava e cicalava di cose inutili o volgari. Cominciava timida, ma certa, la primavera. I torrenti si gonfiavano delle nevi sciolte, e precipitavano giù nella valle con torbide onde verdastre o bianche, piene delle collere della montagna.

Ogni giorno tremava nell'aria un lontano rumore di valanghe, ed era fortuna che ancora

 nessun disastro fosse avvenuto. Per le strade e nei campi la terra si affondava molle sotto i piedi calzati di zoccoli, ma già spuntavano le tenere erbe, già le campanelle rosee e violacee cantavano l'inno della primavera. E cespi di mughetti e di primule e di garofolini selvatici sorgevano lungo le siepi. Spirava un'aria molle, che pareva carezzasse timidamente i dorsi degli alti monti, come per rabbonirli, dopo tanto rigore. E le cime eccelse si colorivano di rosa e di oro sotto i baci tiepidi del sole. Un pigolar d'uccelli usciva di tra i rami che andavano buttando le gemme, e per le strade risuonava il tintinnio delle greggie che già si riconducevano fuori, all'aperto, dopo la lunga prigionìa delle stalle.

Daniela e Margherita andavano insieme alle prediche quaresimali, che faceva don Manueli, il vice-parroco, un buon prete, semplice, fervoroso, che sapeva parlare anche ai rozzi cuori dei montanari, e commuoverli all'amore di Dio. Il parroco, don Balsamo, era vecchio e pieno di reumatismi, e volentieri si riposava sullo zelo del suo vicario, e non era punto geloso della sua popolarità.

Come erano belle le prediche di don Manueli! Spesso le due fanciulle le ascoltavano con occhi pieni di lacrime! Don Manueli non faceva mai paurose descrizioni dell'inferno o del purgatorio, non minacciava troppo la collera di Dio, non rimproverava aspramente i suoi parrocchiani. Anzi egli cercava di correggerli dei loro difetti, (i principali erano l'avarizia e l'ubbriachezza!) mostrando loro la bellezza della virtù, la pace dei cuori pietosi e amanti del loro dovere, l'infinita bontà di Dio, che perdona sempre ai peccatori pentiti. E descriveva l'ineffabile dolcezza della carità, della tolleranza, della pazienza; raccomandava la sottomissione, la preghiera, la rassegnazione in ogni male, e non c'era cuore che non fosse commosso da quelle semplici parole!

E davvero venivano ad ascoltarle, specialmente la domenica, anche quelli che facevano mostra di ridersene di quelle cose, e tanti non andavano più in quell'ora all'osteria, per potere invece ascoltare la parola di don Manueli...

Quando uscivano di chiesa, dopo essersi accompagnate un pezzo, le due ragazze si separavano.

Margherita passava per una certa strada, dove era *quasi sicura* d'incontrare per combinazione Ambrogio, che tornava dai suoi campi, e Daniela, andava verso la scuola, a prendere Geppino, e a chiedere notizie della sua condotta e del suo studio.

Il maestro Rinaldi si accompagnava allora con Daniela e il suo allievo, e venivano lentamente verso casa. Ma avevano già preso l'abitudine di prendere la via più lunga, quella che girava intorno alla chiesa e si perdeva nei campi, perchè ora che il tempo si metteva al bello, faceva tanto piacere far due passi all'aperto! E Geppino, dopo pochi momenti, annoiato di ascoltare i discorsi seri, li lasciava indietro, e correva dietro a qualche insettaccio, o si chinava a raccogliere sassolini tondi. che gettava poi nel torrente....

Allora il maestro e Daniela tacevano quasi ad un tratto, sorpresi da un pensiero più forte.

Non si guardavano; guardavano le cime dei monti, i boschi neri, i declivi dei prati... nessuno dei due osava rompere primo quel silenzio.

Finalmente parlavano, ma di cose indifferenti, che non li interessavano punto; ripetevano senza saperlo gli inutili discorsi che da secoli si fanno gli innamorati, quando non hanno ancora pronunciato l'unica parola che sta loro a cuore: che il tempo era bello, che i campi promettevano bene, che la gente del paese era molto rozza, i fanciulli della scuola disattenti e ciarloni, e finalmente che l'ora si faceva tarda, e bisognava che Daniela andasse a casa. Allora si lasciavano, prima di rientrare al villaggio, per un tacito accordo. Incominciavano già a temere le male lingue del paese e gli occhi dei curiosi... Ma il giorno dopo si ritrovavano ancora, e rifacevano la stessa strada e gli stessi discorsi.

Rientrata in casa Daniela si occupava subito della cena: preparava la tavola, dava un'occhiata in cucina, perchè Rita, dovendo badare a tante altre cose, non faceva altro che mettere le pentole al fuoco, e lasciava che i cibi cuocessero da sè. Quanto a mamma Viginia, era difficile che un giorno stesse abbastanza bene da potersi muovere per la casa; di solito non si muoveva dal suo seggiolone, dove passava i pomeriggi interi, facendo la calza, borbottando qualche preghiera e sospirando. Quando pare Gioanni veniva a casa, bisognava che ogni cosa fosse già pronta, perchè egli amava sedere subito a tavola e mangiare. Non parlava quasi mai, altro che con Geppino, il suo prediletto; le donne non gli parevano degne di udire alcun discorso di un uomo sensato. Così il desinare passava silenzioso, quasi triste; ma Daniela, tutta immersa nei suoi pensieri, non se ne accorgeva nemmeno più; ella parlava continuamente con sè stessa e coi fantasmi creati dalla sua mente...

Appena s'era finito di mangiare, Daniela sparecchiava, e aiutava Rita a riporre le stoviglie; poi si metteva a sedere vicino a Geppino, e lo aiutava a fare i suoi compiti e a studiare le lezioni. Era per lei una gran gioia questa occupazione. E con che orgoglio seguiva la scrittura abbastanza nitida di Geppino sul quaderno, e vedeva allinearsi le cifre dei problemi! Non permetteva mai al fratello di portare a scuola un compito sgorbiato o male scritto. *Egli, egli* vedrebbe domani quei fogli, quelle parole! E questo pensiero le dava una specie di ebbrezza! Avrebbe voluto, sotto quella pagina, mettere una parola di suo; qualche cosa che giungesse sino a *lui*, che gli dicesse il suo cuore, che lo costringesse almeno a pensare a lei. Ma quale parola? Mai non avrebbe osato! Egli poteva trovarla ben sfacciata! Qualche volta scriveva lei stessa la data sul suo foglio... Era certa che il maestro riconoscerebbe la sua scrittura, e ciò le bastava per renderla felice...

La sera, quando tutti erano già a letto, e anche Rita russava, stanca morta della giornata, Daniela accendeva un mozzicone di candela, che teneva nascosto in una cassetta, prendeva di sotto la materassa un libro, che aveva preparato prima, e si metteva a leggere. Erano libri che le prestava il maestro, il quale aveva una piccola biblioteca: Qualche romanzo tradotto, di Walter Scott; qualcuno del Fogazzaro e di Jolanda, ma assai pochi, perchè il signor Rinaldi non amava la letteratura frivola; e poi libri di storia naturale e universale, libri di letteratura, di poesie, che Daniela leggeva avidamente, pascendone il cuore e l'intelletto, desiderosa di imparare, di diventare un po' più simile a lui, di comprenderlo meglio!

Quando il Rinaldi, dietro le sue timide preghiere, le ebbe prestato la Divina Commedia, ella pianse per il dolore di non capirla, e non glielo confessò mai timorosa che egli potesse disprezzarla per la sua stupida ignoranza.

Ma quanto più la sua anima si raffinava e Daniela andava comprendendo le profonde verità della natura e le bellezze dell'arte, tanto più ella si sentiva staccata dal mondo che la circondava, e ne era infelice. Sentiva di essere assai diversa da suo padre, da sua madre, dal fratello, da tutti quelli che vivevano intorno a lei; provava un senso di compassione sdegnosa per tutta quella gente; una sorda irritazione per avere passato la parte più bella della sua gioventù in mezzo ad essi; una specie di rancore contro il destino... Perchè Dio l'aveva creata così diversa e l'aveva condannata a vivere in quel luogo? Perchè non l'aveva fatta pari a tutte le sue compagne; non le aveva dato una semplice anima paesana, felice del suo stato, e incapace di pensare più in là?

Poi si pentiva delle sue recriminazioni. Forse Dio le aveva dato un cuore diverso appunto per renderla degna di una grande felicità... Ah, non osava nemmeno confessare a sè stessa la sua dolce speranza!

Se ne confessò tuttavia a Pasqua, a don Manueli, ma quasi costretta da lui, che le aveva suggerito le parole:

– Non hai altro da dirmi figlia mia? – le aveva detto il buon prete. Non hai in cuore un'affezione segreta, che, senza essere peccato, è bene confidare al proprio direttore spirituale? Non hai bisogno di qualche consiglio?

Daniela, dietro la grata, arrossì vivamente, e rispose con voce tremolante:

– Sì, padre. Ma... non sapevo che fosse male...

E parlò della sua simpatia per il maestro Rinaldi.

– No, questo non è peccato, – disse il confessore – se le intenzioni del giovane sono serie. Ma lo sai tu?

Ella gli disse che nessuna parola decisiva si era scambiata fra lei e il maestro.

– Pure... voi vi vedete spesso, tutti i giorni... – In paese si sa, e lo dicono... Non è bene dar pascolo ai pettegolezzi, anche quando non si fa nulla di male... E poi... i tuoi genitori sarebbero contenti?

Daniela dovette confessare che non lo sapeva.

– Ecco, – disse il buon prete, – e se tuo padre facesse opposizione al tuo matrimonio, e tu, naturalmente, dovresti obbedire, come fanno le brave figliuole, pensa quanto ne soffriresti! Le ragazze non dovrebbero mai lasciarsi andare a un sentimento che può divenire molto forte, senza essere certe di non dispiacere ai loro genitori.

Le chiese poi anche se conosceva le idee religiose dell'uomo che avrebbe voluto sposare.

– Va poco in chiesa... balbettò Daniela.

– Lo so. Non lo vedo quasi mai. E non credo nemmeno che si confessi, – disse sospirando don Manueli, – e anche questo bisogna considerare. Un uomo che ha dei principi religiosi è più facile che renda felice sua moglie... Ma... – continuò con quella mirabile tolleranza che lo rendeva così degno interprete del Vangelo, – con questo io non voglio condannare la tua affezione per lui. Può darsi che una buona moglie riconduca alla fede e alla pratica della religione un uomo che è forse solo indifferente, distratto da questi doveri... Sarà anzi un'opera meritoria che potrai fare... A ogni modo ti consiglio...

E qui le espose ancora gli ammonimenti di prudenza, di saggezza, di ritegno, perchè la gente non avesse a mormorare di lei, e lo stesso Rinaldi non avesse a menomarle la stima, e le raccomandò specialmente di non impegnarsi all'insaputa dei suoi genitori.

Ammirabili consigli, che Daniela promise di mettere in pratica! Ma... appunto il giorno di Pasqua, tornando ella dalla chiesa con Geppino e Margherita, (mamma Vigina non aveva potuto uscire, perchè aveva una gran tosse) incontrarono il maestro Rinaldi, che li accompagnò nel cammino. A un certo punto Margherita si staccò da loro, dicendo, con una occhiata espressiva all'amica, che andava a casa. I tre continuarono la strada, prendendo, come al solito, la più lunga, e Geppino si diede a inseguire le prime farfalline bianche, che si vedevano sui tremuli calici...

Rimasti soli i due si guardarono d'improvviso, e tutti e due arrossirono. Erano seri e commossi, e il maestro finalmente parlò... disse le parole che Daniela aspettava da tanto tempo, con trepidazione, pensando: Come dirà?...

– Signorina, Daniela, – disse, — lei ha capito che io le voglio bene. E lei... me ne vuole?

Ah! in un momento Daniela dimenticò tutte le belle promesse fatte al confessore! Il passato, il presente si confusero in lei... Un velo le scese sugli occhi, e il cuore le battè come se volesse spezzarsi.

– ...Sì.... mormorò tuttavia, – sì, anch'io...

– Allora, – continuò il Rinaldi che appariva commosso, ma assai meno di lei, e andava anzi riacquistando la sua calma, ora che ella aveva pronunciato quella parola decisiva, – allora bisogna che noi pensiamo seriamente a quello che conviene fare. Crede lei che suo padre sarà contento?

– Non so... – mormorò Daniela.

– Temo di no... – disse il maestro. – Io... non ho un soldo, fuori del mio stipendio. Suo padre certo pensa di darla a un uomo ricco....

– Oh, io non vorrò mai! – esclamò Daniela.

– Bene, di lei sono sicuro. Ma, quanto a suo padre, è meglio che aspettiamo un poco. Cercherò di scrutare i suoi pensieri, di capire le sue intenzioni, e di accaparrarmi la sua fiducia. Quando sarà tempo, parlerò.

Daniela, tutta intimidita, non sapeva che rispondere. Le pareva che quel colloquio avrebbe dovuto essere ben diverso! e il tono delle parole di lui più caldo, più appassionato! non era così che parlavano gli innamorati dei libri che ella aveva letto! Ma nello stesso tempo la soggezione che aveva di lui crebbe ancora nel cuore, insieme ad una nuova ammirazione. Ah, come egli era saggio, come era superiore a lei, e come ella era ancora poco degna di lui!

– Una imprudenza, – disse allora l'innamorato . – potrebbe essere fatale. Ora, che ci siamo spiegati, e siamo sicuri uno dell'altro, eviteremo di trovarci così spesso soli per la strada, perchè qualcuno potrebbe dirlo a suo padre, e allora egli anderebbe in collera contro di me... Il che renderebbe più difficile il nostro progetto. Si lasci dunque guidare interamente da me... Con calma e pazienza sono sicuro di riuscire..

Si lasciarono al solito punto, con una stretta di mano più lunga del solito. E Daniela rientrò in casa immensamente felice... eppure malcontenta, inquieta... Certo, egli aveva ragione, come sempre! ma, rinunciare alla dolce consuetudine di vedersi! aspettare chi sa quanto tempo, con quel segreto nel cuore! questo la turbava, le pesava, amareggiava la sua gioia.

Eppoi... eppoi... non aveva ella aspettato qualcosa di più da quel colloquio? non mancava qualche cosa alla sua felicità?...

IV.

LE PRIME SPINE.

Cadeva una calda sera di luglio, dopo una giornata afosa, snervante, non rinfrescata da alcun soffio d'aria giù dalle nevose cime. Ora la vallata e i pendii della montagna, che erano stati sonnecchianti tutto il giorno sotto gli ardenti strali del sole, si destavano alle carezze dell'aria crepuscolare, dolce, violacea, verde, limpida su tutti i gioghi, su tutte le vette. I campi biondi di segale, su i quali non erano ancora passate le falci, i prati di trifoglio, rigogliosi, esalavano profumi inebrianti; e dovunque, vicino e lontano, era un malinconico e soave tinnire di campanelli delle mandre tornanti all'ovile e alle stalle. Tornavano anche gli uomini, dai campi e dalle alture, tornavano le donne, con le alte gerle sulle spalle, piene di erbe odorose; e i fanciulli, coi rosei paffuti visini, già serii, per quel concetto semplice e positivo della vita, che così precocemente acquistano coloro che devono assai presto imparare a guadagnarsela col lavoro delle loro mani.. Lungo il cammino qualcuno si soffermava ai piloni e tabernacoli, sparsi per la montagna, e mormorava con fervore una preghiera, qualcuno, qualche giovinetta deponeva un fascio di fiori sui gradini del rustico altare... V'era una Madonna specialmente, la Madonna della neve, la più cara a quei montanari; essa aveva la sua imagine in un tabernacoletto assai umile, e la pittura certo era opera di un artista primitivo e inesperto; ma l'espressione di quel viso dolcemente divino era così ingenua e soave, gli occhi accoglievano con tanta pietà le preghiere che quei semplici cuori le ponevano ai piedi, che tutti imploravano con più fiducia quella gentile Madonna, e nessuno si staccava da quel tabernacolo senza sentirsi più sereno e consolato.

Solo pare Gioanni passò quel giorno davanti alla soave imagine senza guardarla, toccandosi appena, e come per abitudine, il rozzo berretto di lana, appoggiato fieramente, dispettosamente sulle sue chiome grigie. Pare Gioanni aveva qualcosa per il capo quella sera: e lo si sarebbe potuto pur vedere dalle sue ciglia aggrottate, dalle rughe del suo viso, più profonde e taglienti, da un balenare minaccioso negli occhi verdastri. Rispose appena con lieve cenno ai saluti più o meno confidenziali che gli facevano i compaesani, anzi lanciò uno sguardo corrucciato a Gaetano, il bidello della scuola, che era pur messo comunale e sacrestano nello stesso tempo... Gaetano, all'occhiata sindacale, fece un rapido esame della sua condotta, ma si trovò innocente come il più innocente bidello del mondo, e andò a cena con questa consolazione della sua intemerata coscienza.

Così aggrondato, pare Gioanni entrò in casa sua.

Nella stanza a terreno già era stata preparata la tavola per la cena. Sulla grossa tovaglia di bucato, il sole, entrando dalle basse finestruccie a graticola, disegnava larghi scacchi d'oro, e faceva luccicare le stoviglie di maiolica, e le posate di stagno, presso la pulita tafferia che attendeva la polenta. Sotto la finestra stava mare Vigina, facendo la calza, col capo fasciato da un fazzoletto giallo, che faceva risaltare la pallidezza del suo viso doloroso e rassegnato.

– Buonasera, pare Gioanni, – disse ella scorgendo il marito, e guardando con occhio timido e inquieto quel viso di lui, così accigliato. – Avete appetito? Or ora la Rita avrà finito di rimestar la polenta.

– Dov'è la Daniela? – rispose lui, gettando uno sguardo verso la cucina, di dove si vedeva la Rita agitarsi presso un gran fuoco.

– Dove essere andata ad attingere acqua, ma non può tardare, – rispose, sempre più inquieta, mare Vigina.

– Quella!... urlò ad un tratto pare Gioanni e si sfogò dando alla figliuola ogni sorta di titoli dei quali i più miti erano: sciocca e furfante....

– Che vi ha fatto quella figliuola? domandò mare Vigina, portando le mani alla testa che le doleva.

– Che mi ha fatto? – urlò più forte pare Gioanni, – mi ha fatto che si fa ridere dietro da tutto il paese! questo mi ha fatto! Che si lascia contare frottole da quel vendifumo del maestro, da quel chiacchierone, da quello straccione, da quello zingaro senza un soldo, da quel...

Daniela era entrata nella stanza, ed era rimasta lì, pallida e tremante, col suo secchio dell'acqua, che le ballava tra le mani. Trumlin, che veniva allora dalla stalla, glielo tolse e lo portò in cucina.

Quando pare Gioanni vide sua figlia fece atto di lanciarlesi contro, con la mano pronta a uno schiaffo. Daniela, con un lieve grido, si scansò, e subito, con tremula voce convulsa, raddrizzandosi in faccia al padre irato:

– Ma che c'è? che hai? – domandò.

Il contegno di Daniela parve estremamente ardito a pare Gioanni, il quale, livido di furore, non trovava più che monosillabi per accusare la figliuola.

– Tutto il paese ne parla! Disgraziata!... Sciocca!... Senza giudizio!... Bastiano me ne ha avvertito appena adesso! Cieco che sono stato!... L'avessi saputo prima!... Ma ti farò veder io!... Io ti farò vedere!... – gridò infine, quando la collera glielo permise, e con un gran pugno sopra la tavola fece balzare posate e stoviglie.

– Ecco la polenta! – disse con voce calma Rita, facendo la sua entrata con un gran paiolo nero, pieno della fumante pasta gialla, che si rovesciò sulla tafferia con un sordo tonfo e diffuse intorno una fragranza appetitosa. Pare Gioanni lanciò un'occhiata al suo cibo preferito, e sentì la sua gran collera diminuire. Infatti, non era accaduto mai, nè per dolori, nè per altri commovimenti d'animo, che pare Gioanni non si fosse seduto al desco, e non avesse mangiato secondo il suo appetito, che era formidabile. Anche quella sera, brontolando, si accomodò sulla seggiola di legno, e tirò nel suo piatto un'enorme fetta di polenta, e parecchie cucchiaiate di una pietanza di funghi, che Rita aveva pur portato sollecitamente. Egli si mise a divorare con rabbia, ma nè la mare Vigina, nè la figliuola osarono sedere a quel desco; solo Geppino ci venne, qualche minuto dopo, e, dando una timida occhiata al padre, e una dubbiosa alla madre e alla sorella, tirò nel suo piatto un pezzo di polenta e una parte della pietanza, e cominciò a mangiare in silenzio. Quell'iroso pasto fu breve, perchè pare Gioanni, appena inghiottito l'ultimo boccone, tracannò in fretta un bicchiere di vinello, e quindi uscì subito, tutto aggrondato, ma senza più dire una parola.

– Povera me! povera me! – gemette mare Vigina, – tutta colpa tua! Lo sapevo bene io che, una volta o l'altra, egli si sarebbe accorto dei tuoi sotterfugi col maestro, e che avrebbe fatto una scena!

– Sotterfugi, mamma? – disse Daniela, con sul volto dipinta una certa indignazione. – Ci vogliamo bene, io e il signor Rinaldi, ecco.

– Bene! esclamò la madre, – e a che cosa ti servirà quel bene? Credi forse che tuo padre vorrà mai darti per marito uno senza un soldo? Uno che non si sa di dove viene?

– Senza un soldo, mamma? E non ha forse il suo stipendio? E come non si sa di dove viene? È un giovine di buonissima famiglia!

– Sì, sì, – brontolò stizzosamente la madre – va là, te ne accorgerai! Sei senza giudizio, senza giudizio, e hai la testa piena di pazzie!

La sera fu triste. La madre sospirava sulla sua calza, Daniela stava col batticuore, pensando al ritorno del padre. Ella non osò uscire, come faceva sempre dopo cena, col pretesto di attingere acqua alla fonte, ma in realtà per incontrarsi con l'innamorato; ma stette sempre sulla soglia, inquieta, nervosa, parlando distrattamente con una vicina, con l'occhio fisso alla strada, se caso mai egli fosse passato.

Quando pare Gioannì tornò, col viso più acceso e la fronte corrugata, egli non fece che lanciarle una occhiataccia, mormorando fra i denti un'ingiuria o una minaccia. Poi tutti andarono a coricarsi, senza che, tra la famiglia, fosse più scambiata altra parola.

Ma Daniela, quando fu nella sua camera indugiava a spogliarsi, e parve mettere quella sera un tempo infinito nelle sue orazioni, che recitava sempre devotamente in ginocchio... Rita era già a letto, e russava, quando Daniela si decise a rialzarsi da terra. Allora andò cautamente fino al letto della serva, e la guardò a lungo, per assicurarsi che fosse proprio addormentata... Oh, sì! quella dormiva davvero, poichè non aveva sul cuore la grossa pena di Daniela!

Allora andò alla finestretta e l'aperse... Quasi tutte le sere il maestro Rinaldi passava di là, ed ella, anche dal letto, ne udiva il passo e lo riconosceva... Quando era presso alla casa di lei, egli canticchiava un'arietta, oppure tossiva leggermente... Ella lasciava apposta il lumicino acceso, perchè lui sapesse che ella vegliava... e ascoltava trepidante i passi di lui perdersi lontano... Qualchevolta, quando Rita si addormentava prima di lei, ella si rivestiva in fretta, e lo aspettava alla finestra; si vedevano, si facevano un cenno con la mano; mormoravano con voce soffocata: buonasera... ed era tutto. Mai avevano osato dirsi di più. Ma quella sera Daniela aveva bisogno di parlargli, di sfogarsi, di domandargli consiglio, e spiò ansiosamente la sua venuta

Il maestro passò, guardando in alto, alla sua finestra... Ella fece un rapido segno di aspettare, e spense il lume..

– Daniela... – mormorò lui.

– Carlo.. ascolti... devo dirle una cosa... Guardi un po' se non c'è nessuno...

– Nessuno. Che è accaduto?

– Mio padre... mio padre mi ha sgridata..

– Sgridata? Perchè? per me?

– Sì. Egli sa che io... che io l'amo, signor Carlo! –

Egli stette alquanto in silenzio.

– Già, — disse poi con voce calma — qualcuno ci ha visti insieme, e gliel'ha detto. Era da aspettarselo.

– E che devo fare, Carlo

– Aspettare ancora, Daniela, aspettare che le cose si mettano meglio...

– Ma mio padre sarà sempre più in collera...

– Oh, non è possibile! Egli si calmerà.... Eppoi, sentite, io ho saputo appunto oggi, dal giornale, che quest'Agosto ci sarà un concorso a Torino; mi presenterò, ed è probabile ch'io riesca.. Allora, vostro padre non si rifiuterà più... io avrò una posizione, un avvenire. –

La gioia che invase il cuore di Daniela le impedì di rispondere subito.

– Ah! voi mi ridate la vita! – esclamò infine, scoppiando in singhiozzi. – O Carlo! che fortuna! –

Egli taceva, compreso tutto dell'importanza dei suoi progetti, pregustando già la sua nuova brillante condizione di maestro municipale a Torino!

– Come ci vedremo intanto? – domandò Daniela, che si era rifatta coraggiosa.

– Per ora, – sentenziò lui, – è meglio vederci poco, di sfuggita, e non da soli; è più prudente; facciamo le cose con calma...

– Mio Dio! – mormorò ella...

– Potremo scriverci qualche volta, – disse lui, – ma come?

– Penserò, cercherò, – rispose Daniela, un po' più consolata.

– Bene; ora, buona sera, mia cara! Dormite in pace. È meglio ch'io vada via, e non ci veda nessuno!

– Buona sera! Dio vi benedica; – mormorò ella, seguendolo con occhi amorosi.

Poi, quando non lo vide più, rimase ancora un poco davanti alla finestra spalancata, a guardare fuori le montagne, i campi, il cielo... La sua anima era piena di ebbrezza, di amore, di orgoglio.

Il suo fidanzato sarebbe diventato maestro a Torino! E sarebbero andati a stare insieme in quella grande città, che doveva essere splendida, dove la gente doveva essere ben diversa da quella di Tuolo, assai più fina, più educata, più istruita... Torino doveva essere un luogo pieno di felicità, un paradiso; e viverci con l'uomo che ella amava, pareva a Daniela l'estremo limite del desiderio, una beatitudine senza fine... Il lume delle stelle, placido e puro, il profumo dei campi, il luccicore fantastico delle montagne nel notturno lume del cielo, il ciarlìo dell'acque cadenti lungo le rocce avevano per lei, quella sera, nuovi, teneri incanti. Ella si sentiva più vicina a Dio, lo benediceva, con tutta l'anima, con tutte le fibre dell'essere suo... Le pareva ch'egli l'avesse particolarmente benedetta, e l'avesse scelta fra tutte per spargere su di lei grazie più copiose...

– O che, non venite a letto, Daniela? – gridò a un tratto Rita, che la guardava con occhi spalancati.

– Via, chiudete la finestra! l'aria è fresca stanotte. –

Daniela si affrettò a ubbidire.

– È una sera così bella... – disse, come scusandosi, – guardavo le montagne...

– Eh sì! sì! – mormorò Rita, – lo so che guardate le montagne. Ma avete sentito stasera pare Gioanni, l'avete visto come era arrabbiato...

– Che vuoi dire? – Domandò Daniela, inquieta.

– Vuol dire che sono stata sempre zitta, finchè il vostro papà non diceva niente. Ma adesso che ha scoperto ogni cosa e che vi ha sgridata, non voglio più che la sera stiate a chiacchierare col maestro, dalla finestra, quando ci son io in camera, perciò non voglio averci responsabilità, io...

– Ma, Rita, se deve essere il mio sposo...

– Già, sposo! E se pare Gioanni non vorrà, non lo sarà mai.

– Oh, – proruppe Daniela con subito orgoglio, – basta ch'io dica di sì! E se mio padre si ostina, tanto io non ne prenderò mai un altro.

– Ebbene, che cosa farete?

– Aspetterò di essere maggiorenne e lo sposerò.

Rita parve intimidita di quella energia, e aggiunse, in tono più rispettoso:

– È che il vecchio non vi darà mai denari se non fate a modo suo!

– Che m'importa? – esclamò Daniela con la stessa baldanza, – il mio sposo sarà maestro a Torino, e noi saremo abbastanza ricchi.. E poi, meglio un pezzo di polenta con lui, che i capponi con un altro. –

Rita restò qualche tempo pensosa. Anch'ella era rimasta colpita a quella prospettiva di Torino, e la sicurezza della sua padroncina imponeva anche a lei.

— Basta, – disse infine, – fate voi; io non ci voglio entrare.

– O Rita! – mormorò con voce carezzevole Daniela avvicinandosi al letto della serva, – se tu fossi proprio buona, mi faresti un piacere, e noi te ne ricompenseremmo un giorno!

– Che cosa? – domandò Rita a malincuore – purchè, non si tratti di portare a lui le vostre lettere...

– Sì, è proprio quello! disse Daniela, e le spiegò le difficoltà che c'erano per la corrispondenza fra loro.

Rita disse no, no, no, ostinatamente; poi alle incalzanti preghiere e promesse di Daniela, (nessuno ne avrebbe saputo niente! e un giorno, un giorno quando fosse sposata Daniela, oh, la colmerebbe di doni! la prenderebbe anche con sè a Torino, se volesse!) la serva, lusingata in fondo di quella parte delicata di confidente, che solletica sempre quel sentimentalismo che è nel cuore di tutte le donne, anche delle contadine, si lasciò sfuggire un mezzo consenso, che Daniela cambiò subito in consenso intero...

Rita era una ragazzona sui trent'anni, nè bella, nè brutta, ma robusta, col viso lentigginoso, i capelli rossi, braccia e gambe virili... Non aveva mai preso marito, perchè voleva uno ricco, lo diceva lei stessa; preferiva piuttosto, giacchè era povera, servire un padrone che un marito e magari anche suoceri e cognati, poveri come lei; e respingeva costantemente le proposte sempre più incalzanti di Trumlin, che le voleva bene. «No, no, no,» ribatteva lei ostinata, «levatevelo dalla testa, non vi piglierò mai»..

Questa specie di virago dunque divenne la messaggiera degli amori fra Daniela e il Rinaldi. Era un'opera che richiedeva delicatezza e furberia, perchè ora pare Gioanni era diventato assai sospettoso, e pareva sorvegliare tutti della casa.

Ma egli non diffidava di Rita, che sapeva essere una ragazza di buon senso, e devota al padrone....

Rita non si fece scrupolo di abusare di questa fiducia. Ella s'incontrava tutti i giorni, per caso, con il maestro, dava la lettera di Daniela, e ritirava quella di lui; la sera, quando erano tutte e due nella loro camera, Daniela dava lettura delle frasi amorose del suo fidanzato... e Rita si divertiva ogni giorno più, dava consigli, esprimeva le sue opinioni, tutta stupita di quelle singolari espressioni adoperate dai due innamorati... A ogni frase un po' strana al suo orecchio, scoteva la sua grossa testa rossa, e rideva, rideva fino alle lagrime. Le pareva che fossero cose da pazzi, quelle parole, quelle dichiarazioni così buffe... ma poi si andava persuadendo che quella fosse la moda, quando due sanno scrivere, di esprimersi a quella maniera... Lei già non sapeva nemmeno fare il suo nome, e nessuno mai penserebbe di scriverle quelle corbellerie!

A Daniela invece pareva che le lettere di Rinaldi fossero troppo fredde, in confronto delle sue! Egli era sempre così misurato e preciso nelle sue frasi! Non aveva mai nessuno degli scatti di passione, che ardevano la penna e le labbra a lei; non si lasciava andare a sogni, a fantasticherie, a sensazioni bizzarre e romantiche, come Daniela; anzi nelle sue lettere il maestro metteva di tanto in tanto consigli, ammonimenti, esortazioni, che erano molto giuste, e che facevano sospirare la giovinetta. Ah, certo, egli era un uomo superiore, una mente eletta! Quanta saggezza e quanta bontà c'era in lui! Ella non era, in fondo, che una pazzerella, una bimba senza giudizio, indegna forse di tant'uomo!

Un giorno, Rinaldi le annunziò che partiva per Torino, e quella notizia la riempì di giubilo e di dolore insieme. Benchè ora lo vedesse raramente e di sfuggita, e non potessero più scambiare parola insieme, pure il pensiero che egli le era vicino le riusciva di grande conforto, e le dava coraggio, sicurezza di vittoria, contro ogni ostacolo, Ma quando egli fosse lontano! Le pareva che tutta la sua forza sarebbe svanita con lui! Pure non era necessario quel sacrifizio? Ella si sforzò di compierlo lietamente.

Si videro la sera prima della sua partenza, lei stando alla finestra e lui sulla strada, con la complicità della Rita!

— Non dimenticatemi, Carlo! — supplicò ella con voce tremante.

— Oh, mia cara! l'uomo ha una sola parola. Spero saprete ch'io sono un galantuomo.

— Sì, sì, Carlo mio! Oh, vogliatemi tanto bene! Io morrei se non me ne voleste più!

— Ma perchè sempre codeste espressioni strane, esagerate? — disse lui con una certa impazienza. — Non siete sicura che vi voglio bene? Che necessità di parlare così? Morire, morire!.. che c'entra il morire? Io vi vorrei seria, Daniela mia, seria, semplice: questa è la compagna che desidero per la mia vita. Voi avete la testolina un po' esaltata dai romanzi. La vita non è come voi la sognate, cara mia! La vita non è un sogno; è una realtà. Spesso una dura realtà...

— Procurerò di diventare come voi volete... disse ella umilmente.

— Bene; così spero. Intanto, parliamo di cose serie. Sapete che da Tuolo sono licenziato?

— Come, licenziato?

— Licenziato dalla scuola. Sicuro; è vostro padre che mi ha giocato questo tiro. E se io non riuscissi a Torino, sarei senza posto.

— Mio Dio!

— Oh, ma riuscirò! Non ne dubito affatto. E se non riuscissi... il che è impossibile... farei lite al Municipio di Tuolo; il mio licenziamento è illegale.

— Oh, Carlo! Credete proprio che sia stato mio padre?...

— Sicuro. È il signor Sindaco. È lui che ha proposto il licenziamento; che vi pare? Io avevo bisogno di un certificato di lodevole servizio, da presentare al Concorso, e allora il Sindaco dice alla Giunta; Il maestro Rinaldi se ne va; licenziamolo addirittura.

— Oh, Dio faccia che tu riesca! — esclamò ella, adoperando a voce per la prima volta il pronome che già usavano nelle loro lettere.

— Si, Daniela, — disse lui con convinzione.

Parlarono ancora del modo che avrebbero tenuto per scriversi. Già era stato combinato ogni cosa con Rita. La madre di Rita, una vecchia contadina, che tanti anni prima era stata balia in città, riceveva di tanto in tanto qualche lettera da una sua figlia di latte, maritata a Torino, e quell'anno anzi aveva preso con sè, in campagna, due figliuoli di quella signora.... Niente più naturale che la madre loro scrivesse ai ragazzi e alla balia; così le frequenti lettere che dovevano arrivare da Torino, all'indirizzo della vecchia, non avrebbero potuto stupire l'ufficiale di posta... La vecchia non aveva incontrato nessuna difficoltà di piegarsi a fare da intermediaria nell'amore dei due giovani.

Così, tutto combinato, dopo qualche parola di conforto e d'addio, Rinaldi se ne andò. Doveva partire il domani mattina. Daniela rimase un pezzo a piangere alla finestra, pregando ardentemente per quel suo caro; col cuore pieno delle sue ultime parole, che le erano sembrate assai più tenere di quelle che egli era solito dirle...

Il domani seppe da suo padre stesso che il Rinaldi era proprio partito.

– Se n'è andato, quel bel zerbinotto! Se n'è proprio andato, – disse pare Gioanni, fregandosi le mani – e a Tuolo non ci metterà più piede! Furfanti! che vengono a far girare la testa alle stupide ragazze, per mangiar loro quei due soldi! Ma ha trovato il buono, lui, l'ha trovato!

Daniela, non disse una parola. C'era nel fondo del suo cuore un lievito d'indignazione, un senso di rivolta e di rancore contro suo padre, che le contrastava la sua felicità, e insultava così brutalmente l'uomo da lei amato.

– E tu!... gridò egli, infuriato di vederla così chiusa e muta – se tu non avrai giudizio sarà peggio per te! Bada bene, che se tu ti ficchi in capo di fare a modo tuo, e di voler sposare uno che non piaccia a me, non avrai un centesimo! Nemmeno un centesimo! Senza contare che prima ti romperò le ossa! –

E siccome ella continuava a tacere, con aria ostinata, il padre proseguì, andandole quasi coi pugni sul viso:

– Tu pensi forse che ti tocca la tua parte eh? Tu credi che ti venga qualcosa dalla parte di tua madre! Nemmeno un soldo! Non hai diritto a un soldo! Quei quattro stracci che ha portato tua madre sono miei! È da un pezzo che sono miei! Si è una donazione, capisci! Le cose le ho fatte in regola, e non sono un gonzo, io! Nemmeno un soldo! –

Daniela scoppiò a piangere.

– Eh via! finitela che è una vergogna! – gridò Rita, entrando in quel punto dalla cucina – Lasciatela stare in pace, quella povera figliuola! Dopo tutto, se n'è andato, «e basta»

– Tu... tu... – mormorò rabbiosamente pare Gioanni, guardandola per isbieco, – se me n'accorgo!... e uscì, sbattendo la porta.

– Povera me! – gemette mare Vigina, che aveva assistito con sgomento a quella scena. – Non mi daranno mai pace, mai pace! –

Daniela prese il secchio e andò alla fontana, tanto per prendere un po' d'aria perchè si sentiva soffocare. Oh, mio Dio! che giornate dure erano quelle! Avrebbe la forza di soffrire! Avrebbe la forza?

Alla fontana vide Margherita e Ambrogio Criscen che ridevano bisticciandosi fra di loro. Tutti due volevano prendere il secchio già pieno, e tirando ciascuno dalla sua parte versavano l'acqua a grandi boccate sul terreno e sulle loro vesti.

Daniela sentì un grande stringimento di cuore all'aspetto di quella loro felicità.

Ambrogio diventò molto rosso quando la vide, e subito, con un breve saluto imbarazzato, se ne andò. Le due amiche si guardarono, l'una radiosa, l'altra malinconica.

– È andato via, eh, povera Daniela? – disse Margherita, diventando seria anche lei. Ella comprendeva il dolore della povera fanciulla.

– Oh, sì! – Sospirò Daniela.

– E poi!.. Racconta; su; c'è stato qualcosa?

Si sedettero vicine, sopra un sasso, tenendosi le mani. L'acqua della fontana cantava, scorrendo placida sulle roccie; un soave soffio di vento mormorava tra le quercie vicine. Il cielo era limpido, dolce, già pieno di stelle. E Daniela fu vinta da una grande tenerezza, da un grande dolore, che pure aveva qualcosa di dolce, di facile, che si andava sempre più esaltando in quella malinconica bellezza della montagna, immensa e silenziosa.

V

MAMMA SE NE VA!

La notizia tanto aspettata della vittoria di Rinaldi giunse a Tuolo ai primi d'Ottobre. Daniela ne fu così lieta, che corse a piangere nella sua camera. Il Rinaldi era dunque maestro a Torino, con uno stipendio di mille e duecento lire. Alla povera Daniela pareva questa una grossa somma. C'era forse qualcuno a Tuolo che guadagnasse mille e duecento lire? Certo suo padre non potrebbe più dire che ella voleva sposare un miserabile; era un signore, oramai, il Rinaldi, un signore! e si vivrebbe a Torino! Quale sogno! quale ebbrezza! Ah, fu tutta un'esaltazione la lettera che ella scrisse, subito, al suo fidanzato, perchè egli si affrettasse a venire, a chiederla a suo padre, il quale stavolta, doveva *assolutamente* essere contento. Nei due giorni che seguirono, aspettando la risposta di lui, Daniela pareva come trasfigurata dall'intima gioia; una speranza nuova, e un orgoglio le facevano brillare gli occhi, le mettevano sulle labbra un lieto sorriso, le colorivano le gote, che si erano fatto pallide, quell'anno, assai pallide!

Pare Gioanni le lanciava occhiate ironiche o sospettose e non diceva nulla...

Al terzo giorno giunse la lettera di Carlo, e la grande esaltazione di Daniela scemò assai.

Rinaldi le scriveva con molta calma e molta ragionevolezza che non gli pareva ancora giunto il momento buono per parlarne al padre: che era prudenza aspettare ancora, ella intanto tastasse terreno; cercasse con molta politica, di sapere come pare Gioanni avesse presa quella vittoria di lui, Rinaldi, quella nuova sua posizione di maestro a Torino...

Daniela doveva ben dargli ragione, in fondo; non era egli sempre il saggio, il più intelligente? La sua testolina sventata avrebbe voluto naturalmente che l'innamorato fosse volato a mettere ai suoi piedi il suo nome e la sua fortuna, poichè ora aveva una fortuna! Ma.... erano forse cose che succedevano solo nei romanzi; lui doveva saper meglio come si faceva, poichè lui era il migliore, il più perfetto degli uomini!

Intanto, in mezzo a quella sua grande consolazione, alle sue speranze, si veniva mischiando un dolore, che andava facendosi ogni giorno più forte. La povera mare Vigina, che era andata sempre deperendo dall'ultimo inverno, pareva essersi aggravata improvvisamente, tanto che un giorno le mancò la forza di levarsi da letto, e pare Gioanni passando dalla farmacia, diede una voce al dottor Fausari;

– Passi poi un momento da mia moglie... Sa, le solite storie... Le donne ne hanno sempre una.... Ma stavolta mi pare più seria....

Il dottor Fausari disse anche lui che stavolta gli pareva più seria.... La povera donna non aveva più sangue nelle vene; era anemica, distrutta, coi polmoni logori, insomma sulla via della consunzione, e restava ormai poco da fare.

Quando pare Gioanni ebbe ascoltato il responso del dottore, restò come stupido, con gli occhi sbarrati, la bocca aperta, la fronte densa di rughe. Che voleva dire quel medico? Che mare

Vigina stava forse per morire? Egli non aveva mai pensato a questo! La vecchia compagna della sua vita se ne andrebbe senza di lui! egli resterebbe solo! Questo pensiero lo rese inquieto e cupo.

A modo suo egli le voleva bene. L'aveva sposata con una piccolissima dote perchè la conosceva da molti anni, e sapeva che ella sarebbe stata una moglie docile e affezionata. Difatti fu la sua schiava sommessa, senz'altra volontà, che quella del padrone. Quanto a lei, non so dire se lo amasse; lo temeva certo.

Tutta la sua vita era stato un continuo sgomento; un continuo timore di spiacergli, di udire quella sua dura voce sgridare e tempestare per casa; di vedere quel viso aggrondato. Quella continua agitazione della sua anima aveva certo influito sui nervi della poveretta, che era diventata tremebonda e taciturna, pallida, magra, e indifferente ad ogni cosa, che non fosse il piacere del suo tiranno. La sua salute si era logorata, in quel soffrire silenzioso, in quel ringoiare le lagrime, in quell'abdicare continuo della propria personalità: pareva che nemmeno il cibo che prendeva non le facesse buon prò; l'anemia se la divorava; il povero cuore si era indebolito, e il cervello, come ella diceva, se ne andava in acqua.

Pare Gioanni, da tanti anni che la vedeva con la testa stretta in un fazzoletto, col viso pallido e le labbra smorte, e una contrazione di sofferenza eterna e rassegnata, che le faceva socchiudere gli occhi, da tanti anni ci era avvezzo che non ne faceva più caso, e probabilmente pensava che sarebbe sempre così, e si contentava di brontolare più forte quando, rientrando, sentiva un acuto odore di camomilla per la casa. Non gli era forse mai venuto in mente che la mare Vigina potesse morire. Ora quella possibilità, quel pericolo gli apparve in tutta la sua brutalità, ed egli ne fremette. Sentì d'un tratto che cosa avrebbe perduto se quella tacita sommessa donnina l'avesse abbandonato davvero... E andò ai suoi campi, senza passare per la camera nuziale, per non vederla, per non avere d'un colpo la persuasione che ella fosse tanto malata come dicevano. Forse, quando fosse tornato, ella sarebbe di nuovo su, con la testa bendata dal fazzoletto con quel viso sofferente e pallido; ma alzata, ma seduta nel suo seggiolone, a guardarlo timidamente coi buoni occhi chiari, sotto le palpebre battenti; ed egli avrebbe anche sopportato volentieri l'odore di camomilla per la casa. Ma quando egli entrò, vide che il seggiolone di mare Vigina era vuoto.

E dal quel giorno lo vide sempre vuoto. Mare Vigina non si alzò più, non ebbe più la forza. Davvero si spegneva lentamente, e il dottore dichiarò a pare Gioanni che non c'era più nulla da fare. Un mese poteva durare, anche più: ma infine era condannata; un lume senz'olio, ecco, e non si poteva mica rifonderle nuovo sangue, se aveva le vene vuote!

Pare Gioanni si arrabbiò, bestemmiò, si pentì, tornò ad arrabbiarsi, a bestemmiare, poi si fece cupo, e non parlò quasi più. La casa diveniva sempre più triste. La povera Daniela vedeva con profondo dolore sua madre andar così staccandosi dalla terra: tutti gli altri suoi sentimenti, il suo amore stesso, vennero ricacciati indietro da quell'ansioso sgomento, da una tenerezza triste, da uno struggimento d'affetto, fatto di rimpianto e di paure.

Daniela provava rimorso ora di avere dato tanta parte di sè ad un altro, ad un estraneo! Le pareva di non essere stata una figliuola abbastanza docile e buona. Povera mamma! Le aveva data la vita, l'aveva nutrita col suo latte, aveva logorato la salute per lei, ingrata! le aveva mostrato tanta poca tenerezza... Anche ricordava come la mamma non avesse mai avuto alcuna gioia nella vita; e sarebbe toccato a lei, la figliuola maggiore, il consolarla, l'esserle amica, il ripagarla con amore infinito di ogni altro dolore. Invece, ella si accusava di essere stata fredda, dispettosa con la mamma; di averla trascurata, per correre dietro ai folli sogni della sua mente; di non averle mostrato abbastanza premura, abbastanza pazienza; di non averla aiutata nelle faccende di casa, o di averlo fatto malvolentieri. Peggio ancora! Si accusava, con profonda contrizione, di essersi creduta persino superiore a sua madre! di avere pensato a lei con compassione mista di un certo disprezzo, di averla considerata come una povera contadina ignorante, incapace di comprenderla, indegna quasi di averla a figliuola!...

Questi pensieri ora non le davano pace. Si struggeva in lagrime, andava movendosi con pietà ansiosa intorno al letto della malata, prodigandole cure minuziose, anche superflue, parendole di compensarla così di quelle che non le aveva usato in passato. Anche al Rinaldi, che da Torino le scriveva regolarmente, rispondeva lettere brevi e scarse, evitando con cura ogni espressione d'amore, parlando sempre della mamma e dei propri timori per lei... Ogni altro argomento le sarebbe parso peccato.

Era intanto trascorso l'autunno, e l'inverno si inoltrava, oh quanto più triste di quello dell'anno precedente! Daniela rievocava con malinconia infinita le allegre veglie nella stalla, il chiacchierio delle ragazze, e le risate dei giovani, i racconti piacevoli o paurosi degli adulti... e, specialmente la cara presenza dell'amato, gli inebrianti sguardi, le parole che le parevano una musica divina! Ora la sera i vicini si riunivano in altre stalle, e non venivano più da loro, per non disturbare la casa della povera ammalata. Eppoi tanto egli era lontano. Daniela si sforzava di non pensare a lui, di dare tutti i suoi pensieri alla madre; ma, come fare? L'immagine di lui tornava nonostante ostinata e continua, ed era in un cantuccio della sua mente anche quando Ella credeva di non pensarci. Anche le occupava il cuore una oscura ansia gelosa. Logicamente ella non aveva nessuna ragione per questo; le lettere di Rinaldi erano sempre uguali, pacate, affettuose sagge; egli parlava con grande sicurezza, benchè senza quell'entusiasmo che ella avrebbe forse voluto, del loro futuro matrimonio; faceva dei progetti per l'avvenire, dei calcoli di economia domestica; aveva già messo gli occhi addosso ad un certo quartierino che avrebbero potuto prendere quando si fossero sposati. Eppure ella non voleva confessare a se stessa l'angustiosa preoccupazione che spesso le serrava il cuore anche lì, al letto della madre ammalata. Ma egli era a Torino, e Daniela pensava con sgomento che egli doveva vedere tante belle ed eleganti donne che potevano oscurare nel suo cuore l'imagine dell'umile montanara. Che ne sapeva ella della città? Nei romanzi che aveva letto, si faceva così spesso parola delle facili seduzioni che si offrivano ad ogni istante agli occhi ed al cuore dei giovani; imaginava Torino tutta piena di eleganti bellezze contro le quali ella non avrebbe potuto lottare neppur vicina, ed era tanto lontana! Possibile che egli non la dimenticasse! non fosse che per qualche momento?

I giorni invernali si succedevano, malinconici e grigi. Daniela li passava tutti nella stanza della madre, dove soltanto Rita o qualche vicina entravano di tanto in tanto. Pare Gioanni, dopo i primi giorni di sgomento e di stupore, aveva messo su un viso dispettoso e imbronciato, come se serbasse rancore alla povera donna, e non entrava quasi mai nella camera, ma, affacciandosi un momento alla soglia, dava una rapida occhiata al letto, corrugava le sopracciglia con aria interrogativa, guardando Daniela, che gli rispondeva crollando il capo, e poi spariva, borbottando. Ognuna di queste apparizioni era avvertita dalla malata, la quale si voltava nel letto, e gemeva flebilmente, come se il passo, la voce, la vicinanza stessa del marito le facessero male... Anche la notte Daniela la passava presso la madre; pare Gioanni ora dormiva nella stalla; per non disturbare l'inferma, diceva lui, ma forse per non esserne disturbato. E la notte le pareva interminabile e triste, resa più paurosa dal gemito dell'ammalata, dalle veglie frequenti e solitarie alle quali la figliuola era costretta. Aveva perduto il suo buon sonno giovanile, ora non dormiva più che ansante e tremebonda, e sempre le pareva d'udire quel gemito e la voce materna chiamare.

Anche Geppino veniva di rado in camera della madre. Da quando il maestro Rinaldi era andato via, il ragazzo era divenuto assai più svogliato nello studio; amava correre coi compagni per i sentieri pieni di neve, tendere lacciuoli alle bestie selvaggie o anche fare il chiasso qua e là, prepotente e fastidioso, nelle piazze del villaggio. Anche verso la sorella era assai meno amoroso d'una volta e cominciava ad usare con lei, parole sgarbate, piene d'ironia, allusive a quel suo amore per il maestro: certe voci che raccoglieva qua e là dai suoi compagni sbarazzini.

Proprio sotto Natale, l'ammalata peggiorò improvvisamente; era una notte gelida, nevosa e pare Gioanni neppure era in casa: da qualche tempo passava la sera volentieri all'osteria, o in casa del notaio dove si dava facilmente la stura a qualche buona bottiglia. La povera mare Vigina si sentiva soffocare, smaniava e gemeva, annaspando colle scarne mani le coperte; dalle labbra aride, usciva smozzicato il respiro. Quella notte Daniela credette di perderla; mandò Rita a casa del dottor Fausari; mandò pure a chiamare Don Manueli, il quale, da quando la mare Vigina era ammalata, era pur venuto qualche volta, ma s'era trattenuto poco in quella casa, poichè l'inferma era così accasciata che appena rispondeva con mormorii sibilanti, e con stanco muovere del capo, alle confortevoli parole del prete, e Daniela pareva così distratta, che non seguiva nemmeno il semplice, ma solenne discorso, che egli aveva tentato di farle. Ma quella sera, che il buon sacerdote era venuto nonostante il vento e la neve, a consolare le due povere donne, Daniela ebbe improvvisamente uno sfogo di lagrime. Da qualche giorno ella era più triste del solito. Le lettere di Rinaldi, saggie sì, ma così eguali, così fredde, mio Dio! la desolavano in quel suo dolore figliale, nel quale avrebbe avuto bisogno di tanto conforto. A momenti le pareva di avere regalato vanamente il suo cuore ad un uomo che non avrebbe mai saputo apprezzare il dono; le veniva, qualche vaga ansia del futuro: che sarebbe di lei, se egli non fosse così com'ella aveva pensato? Per questo, ella pianse improvvisamente quella sera, che si sentiva così sola presso la madre moribonda, in quella stanza bassa dalle piccole finestre, donde si udiva fischiare il gelido nevischio.

Don Manueli trovò allora per lei le parole di conforto, che non sono scritte nei libri degli uomini, perchè non le hanno create gli uomini:

– Pregate e vegliate – disse egli, uscendo dalla triste stanza, quando passato l'accesso, l'ammalata si calmò e parve addormentarsi – pregate e sperate – aggiunse, volgendo un soave sorriso a Daniela che si era prostrata singhiozzando. Ed ella ebbe veramente da quell'ora un po' di conforto e di speranza.

Il domani alla casa del sindaco affluivano i vicini e le vicine a chiedere notizie dell'ammalata. Alcuni entravano: le donne si spingevano fino alla camera, anche fino al letto di mare Vigina, che giaceva pallida, con gli occhi lievemente arrossati ed aperti, la fronte contratta per uno sforzo di dolore.

– Ma perchè – disse la vecchia Rosa – perchè fidarsi ai dottori? sono tutte cose moderne, cose inutili. Al tempo mio, un buon salasso l'avrebbe subito guarita.

– No, no – disse scotendo il capo l'Annina – salassi ad una povera donna che non ha più una goccia di sangue, dite piuttosto che quì c'entra un po' di stregoneria; ma non vedete come torce gli occhi? e quelle pieghe sulla fronte? sono sicura che qualcuno le ha dato il malocchio. È opera di qualche birbante, è opera!

– Eh no! – disse un'altra, che la sapeva lunga – la malattia sarà naturale; non esiste nè il malocchio, nè la stregoneria, ma certo che all'antica, questi malanni si curavano meglio.

Perchè, invece di ricorrere ai dottori (tutti imbroglioni veh, tutti impostori!) non si chiama per esempio quella buona donna di Marton, che conosce tutti i mali, e li guarisce, con rimedi tanto semplici, con certi segreti che sa solamente lei! o che Teresa, la mia cugina, non è guarita forse da quel suo male terribile con un solo bianco d'uovo che la Marton le preparò? e senza scongiuri, veh, senza stregonerie, col solo fatto, di darle quel rimedio al momento buono.

– Eh – disse un'altra comare – ci abbiamo qua vicino al paese quel brav'uomo di Gregorio, che è un settimino; quello lì vi so dir io che ne ha guariti tanti, solo col guardare la gente negli occhi e col toccarli con un certo anello. È stupido chiamare i dottori, che quando guariscono, è solo perchè lo indovinano e che non sanno niente di niente, e si fanno pagare cari e salati.

E chi ne diceva una, e chi ne diceva un'altra; anche gli uomini che si fermavano in cucina a scambiare una parola con Trumlin, erano tutti d'accordo, che bisognava lasciare il dottore ed affidarsi piuttosto a qualche specialista conoscitore di erbe e di segreti miracolosi, perchè, come sentenziava uno che aveva fatto il soldato, tanto vale un ciarlatano come un altro, ed il migliore è quello che si fa pagar meno.

Daniela dava poca retta a quei discorsi.

Per quanto ella avesse studiato assai poco, il suo buon senso naturale, ed un certo slancio della sua intelligenza, oltre all'istruzione raccolta qua e là, disparatamente nei libri, le facevano comprendere, che tutte quelle teorie dell'ignoranza e della superstizione erano assurde e fallaci, e diede anzi sulla voce a Rita che le consigliò di provare la strega ed il settimino, così per vedere se la indovinavano meglio del dottore. Si stupì per questo assai, quando pare Gioanni, dopo un lungo discorso tenuto in cucina con Rita, espresse pur lui il parere che si potevano provare anche i rimedi di quei due taumaturghi. Daniela comprese ch'egli ne aveva parlato con la Rita, e che era stata lei a suggerirgli quell'idea Del resto la Rita andava prendendo una grande padronanza nella casa, dacchè mare Vigina era malata, e questo fatto meravigliava Daniela e le spiaceva anche, parendole che la povera mamma fosse già cancellata dal novero dei viventi, nel cuore del marito e della serva.

E venne dunque la vecchia Marton, la *strega* come la chiamavano in paese; e venne pure il settimino; un ometto grinzoso, giallastro, con due occhi verdi e smorti. Marton ordinò le sanguisughe alla povera inferma, anzi le portò lei stessa in un sucido vaso di vetro, nel quale si vedevano le schifose bestiole muoversi viscide nell'acqua verdastra. Daniela le guardò con ribrezzo, e quando le vide avidamente attaccate al collo della madre, succhiarle le poche goccie di sangue che rimanevano nelle vene esauste, la povera figliuola dovette scappare dalla camera, soffocando a stento i singhiozzi.

Poichè l'applicazione delle sanguisughe non aveva dato i risultati desiderati, la Marton fece fare degli impiastri di aglio pesto, di rosmarino e di seme di Lino, e li pose sul ventre della malata, così caldi che la poveretta gemette dolorosamente per tutto il tempo che durò la crudele operazione.

Il settimino si contentò di far dei segni di croce e di pronunciare delle parole cabalistiche sul capo e sul seno della malata; ordinò anche di bruciare spesso della camomilla nella stanza, e di accendere un cero speciale a Santa Euforbia.

Ma nessuno di questi rimedi si dimostrò efficace, la malata andava peggiorando; erano sopravvenuti dei fenomeni di deliquio e di soffocazione, e il dottor Fausari dichiarò che il cuore funzionava male, che era debolissimo, e minacciava da un momento all'altro una paralisi.

Un solo vero conforto restava a Daniela in quelle ambascie; quasi ogni giorno don Manueli veniva, dopo la messa, a dare un'occhiata pietosa alla inferma, a pronunciare le parole del divino conforto all'anima accasciata e triste della figliuola. E dopo ognuna di quelle visite ella restava più sollevata, le rimaneva nel cuore non so quale vaga speranza, se non di guarigione della sua cara, almeno di una forza, di un coraggio nuovo, che doveva venire a tutte due.

Di dove? O, certo dal cielo misericordioso, al quale il buon prete accennava, levando gli occhi e la mano scarna, con fare sicuro e ispirato!

Era un pomeriggio, tardi, d'una giornata, trascorsa più tristemente del solito. Daniela era sola con la madre; pare Gioanni e Geppino avevano pranzato fuori di casa; erano andati a nozze, dai Criscen! perchè proprio in quel giorno Ambrogio sposava la sua Margherita! Daniela non aveva voluto lasciare neppure per un momento la madre, benchè l'amica fosse venuta la sera prima a invitarla; ma come poteva ella avere la testa all'allegria, la povera figliuola! Naturalmente aveva rifiutato, e si era contentata di uscire, la mattina, sulla porta, a guardare passar la sposa, tutta vestita di azzurro, a braccetto di Ambrogio, che procedeva serio, impettito, e rosso in viso come un papavero. Daniela rimase tutta triste quando furono passati, col loro corteo allegro e vestito e festa.

Le si era stretto il cuore. Perchè mai? Poteva rincrescerle che l'amica fosse felice?

Le passò nella mente il pensiero, che se ella avesse voluto, avrebbe potuto quel giorno essere lei la sposa, e camminare così per il paese, a braccetto di quel bravo giovane che l'aveva amata? O piuttosto sentiva l'acuto rammarico della lontananza del suo caro, e l'occupava la dolorosa incertezza dell'avvenire, e la sua tristezza si faceva più viva in contrasto con la gioia dell'amica?

Sedeva dunque così, sola e silenziosa, tenendo fra le mani una calza di lana, che lavorava distrattamente, mentre i suoi occhi correvano ogni tanto alla malata, e il suo cuore alle varie cause della propria malinconia, quando vide la mamma fare un moto, come per rizzarsi, spalancare gli occhi, ansando, ripresa da una crisi di soffocazione....

– Che hai, mamma, che vuoi? – gridò accorrendo Daniela.

– Daniela! – disse con voce flebile la malata. – Povera Daniela! –

Era la prima volta che l'inferma pareva riconoscere qualcuno intorno a sè, e riprendere parte, alla vita degli altri... Era stata, da tanto tempo come inerte, o forse indifferente a tutto e a tutti. Daniela ne fu profondamente commossa...

– Mamma! mamma mia! – e la baciò.

Mare Viginia accennò che voleva rizzarsi, e la figliuola le accomodò un guanciale sotto le spalle. Così la malata, quasi seduta sul letto, appariva come rinata alla vita; il pallido viso le si era tenuemente colorato di rosa, gli occhi sbiaditi brillavano con nuova vivacità nelle livide occhiaie.

Una grande, improvvisa speranza sorse nel cuore di Daniela. Sua madre stava meglio! Sua madre era guarita!

– Daniela, – disse la madre, guardando sua figlia con una amorevolezza più intensa, più dolce, che non avesse avuto mai per quella sua cara, – Daniela, è oggi, non è vero che Margherita è sposa?

– Sì, mamma, – disse Daniela, assai stupita. Come faceva sua madre a saperlo?

– Oggi!... Ella è sposa!... Le auguro ogni bene... Diglielo, sai, Daniela!...

– Sì, mamma, – ripetè Daniela. Ella non sapeva che pensare per quelle parole della madre.

– Ma tu, povera Daniela, – continuò l'ammalata con voce debole, ma distinta, e carezzando la figliuola con uno sguardo pieno di tenerezza – tu, povera Daniela, avresti potuto anche tu essere felice. Forse è colpa mia, forse io avrei dovuto parlare a tuo padre... ma, senti figliuola, ti voglio dire una cosa, che non avevo mai osato dire a nessuno. – E qui la poveretta abbassò la voce e guardò tutta spaurita intorno. – Daniela, tuo padre, mi ha fatto sempre paura... Si arrestò come spaventata delle sue proprie parole, poi guardando ansiosamente la figliuola, che ascoltava piena d'infinita pietà, – sempre, sai, per tutta la vita, m'ha fatto paura... tu avrai forse creduto che io non ti volessi abbastanza bene: ma sì, tanto te ne volevo, tanto... ma tuo padre vuol più bene a Geppino, ed io non ho mai osato, mai... sono stata poco buona madre, Daniela, lo sai, e questi giorni, ho veduto quanto tu sei amorosa e buona colla tua povera mamma... ora morendo mi strugge il pensiero di lasciarti così sola... ma parlerò adesso, sì, lo voglio dire a tuo padre, lo voglio dire... quando uno muore, non è vero che può dire tutto quello che vuole? No, non avrò più paura adesso, avrò il coraggio di parlare, vedrai, bisogna che tu sposi il tuo Rinaldi, poichè gli vuoi bene, perchè ti porti via di qua: tu non sei fatta per la montagna, povera Daniela mia... – Daniela cercava la scarna mano di sua madre e la bagnava di grosse lagrime; mai in tutta la sua vita, la povera mamma aveva osato dirle tutto ciò che le diceva in quel momento... ci fu un silenzio pieno d'angoscia e di tenerezze; gli occhi dell'ammalata acquosi e scoloriti cercavano il viso della figliuola con un ansia d'amore, come se avessero voluto ripagarla di tutto ciò che non avevano detto in tanti anni.

– Solo, – sussurrò poi ad un tratto, – chi sa poi se egli ti renderà felice?

– Oh mamma! – mormorò Daniela.

– Chissà, chissà – ripete la madre come sorpresa da un dubbio nuovo, poi tacque. E Daniela vedendola socchiudere gli occhi ed accasciarsi tutta come stanca, andò piano piano a socchiudere le imposte perchè la luce non la disturbasse.

Da quel giorno, mare Viginia andò visibilmente peggiorando; ella si spegneva forse senza soffrire. Don Manueli lo disse, un giorno a Daniela che si struggeva in lagrime: – Non bisogna piangere; ella non ha più alcun dolore, e tra poco sarà tanto felice...

Anche il dottore Fausari dichiarò che difficilmente avrebbe passata la notte.

Verso sera il respiro dell'ammalata si fece più affannoso; di momento in momento pareva spirare; venne lo stesso parroco don Balsamo a somministrarle i sacramenti. Ma ad un tratto, la moribonda parve riprendersi; il suo figliuolo Geppino era lì vicino al suo letto, con gli occhi gonfi di lagrime; ma poichè il dottore aveva voluto che si aprisse un momento la finestra ed era un sereno tramonto in quella fine d'inverno, il fanciullo si distraeva guardando fuori un bagliore rosso nel cielo e un volo d'uccello che passava e ripassava davanti alla finestra. Ma la madre in quel momento lo riconobbe e stese una mano umida e fredda a prendere quella del figliuolo e la strinse lungamente in una suprema carezza. Poi con voce abbastanza distinta, ella chiamò il marito.

– Vorrei dirti una cosa Gioanni, a te solo, a te solo – ed accennò affettuosamente agli astanti, che avevano riempito la stanza. Tutti uscirono, e rimasero insieme soli per l'ultima volta quei due che erano stati compagni in tanti anni di vita e che forse erano stati sempre così lontani l'uno dall'altro.

Una mezz'ora dopo pare Gioanni uscì dalla camera della moglie, ed accennò agli altri di entrare: i figliuoli, i servi, i vicini. Egli era pallido, e dagli occhi rossi gli scendevano scarse lagrime sull'ispida barba.

Mare Viginia morì dolcemente, quasi senza soffrire quella sera stessa, mentre la prima stella scintillava nel cielo primaverile, teneramente verde, sulla montagna.

VI.

RIFIORISCONO LE SPERANZE.

La primavera era venuta trionfante e gaia alla montagna e dopo un primo impetuoso sciogliersi delle nevi, dopo un rapido infuriare degli scatenati torrenti, tutta la natura pareva rallegrarsi del sorriso d'un sole tiepido, un cielo senza nubi, del rifiorire rigoglioso dei prati che parevano immensi variopinti tappeti distesi in segno di festa su tutti i declivi. Nella casa di pare Gioanni, donde alcuni mesi prima era uscita la povera morta, le cose avevano ripreso il loro andamento abituale. Ora si poteva vedere che poco posto avesse tenuto là dentro la timida mare Viginia! Dopo i primi giorni di lutto, nessuno pareva quasi si ricordasse più di lei, nessuno ad eccezione di Daniela. Pare Gioanni aveva ripreso i suoi lavori, usciva e rientrava alle solite ore, e rientrando non gettava nemmeno più uno sguardo al posto dov'era stato il seggiolone della moglie, che ora era stato confinato nel granaio perchè lì, ingombrava troppo. Anzi pare Gioanni pareva quasi più allegro, più arzillo, dacchè gli era morta la moglie. Si attardava volentieri a tavola, beveva un bicchiere di più, stuzzicava anche con qualche scherzo la Rita, la quale ora in casa faceva tutto, ed aveva anzi preso un'altra serva per aiutarla. Daniela era rimasta taciturna e triste e lo diveniva ogni giorno più. Il Rinaldi continuava a scriverle da Torino; sempre le stesse lettere calme, affettuose e saggie ma pareva non si decidesse ancora, com'ella avrebbe voluto, a venirla a chiedere al padre. Qualche volta quel suo amore nel quale ella aveva messo tutta l'anima sua, le pareva ora una cosa lontana ed inafferrabile, non aveva più voglia di far progetti per l'avvenire, non sapeva più che cosa sperare e desiderare; una specie di atonia s'impadroniva di tutte le sue forze; qualche volta le pareva di essere già vecchia e che tante cose fossero passate sopra di lei.

Un giorno, era poco dopo Pasqua, ella notò che la Rita era rimasta più di un'ora in cucina a confabulare col padrone; la cosa dispiacque a Daniela, le pareva che dopo la morte della madre, la serva andasse diventando ogni giorno più la padrona della casa, e che anche suo padre si lasciasse imporre dal fare prepotente che la Rita andava assumendo. Pare Gioanni uscendo dalla cucina dopo il lungo colloquio, andò subito in cerca di Daniela, la qual cosa non mancò di stupire la giovinetta. Suo padre aveva anche una certa aria impacciata che tentava di nascondere sotto una certa burbanza, usando parole più aspre e sguardi più duri del solito.

– Siedi lì ed ascolta un momento – disse egli a sua figlia. Ella sedette quasi senza accorgersi al posto che sua madre era solita occupare presso la finestra e ad un tratto mentre la guardava in quella chiara luce che penetrava dai vetri aperti, parve a pare Gioanni di rilevare per la prima volta in sua figlia una strana somiglianza colla madre defunta; sì, proprio così come mare Vigina era stata quando egli l'aveva portata giovane e fresca in quella casa, così gli pareva che fosse ora Daniela, e quella scoperta lo turbò al punto che rimase qualche minuto senza trovar parole.

– Che vuoi dunque, papà? – disse Daniela assai stupita di quel contegno.

– Ah, fece lui scotendosi – ho una cosa da dirti, Daniela, una cosa ehm, ehm, bisogna che tu la prenda nel senso com'io te la dico; io te la dico per affetto, lo capisci, che sono tuo padre, e ti voglio bene; è naturale che un padre voglia bene a sua figlia...

– Ebbene, papà?

– Dunque, tornando al nostro discorso, hai da sapere che la buon'anima di tua madre prima di morire m'ha fatto promettere... aveva delle idee curiose, quella povera donna, già ora fatta a modo suo... io per me non avrei mai voluto.... Sciocchezze! sciocchezze di ragazze che si sono montatela testa, leggendo stupidi libri! continuò, e la sua faccia si ricoloriva di collera, non avrei mai creduto che mia figlia la figlia di pare Gioanni! fosse una sciocca così!...

– Ma insomma, papà – disse Daniela, infastidita da quel preambolo, – è questo che vuoi dirmi?

Pare Gioanni si rabbonì.

– Voglio dirti che tua madre mi fece promettere che t'avrei lasciato sposare il maestro Rinaldi ecco! L'ho detta! E non mi ritiro. Manterrò la mia promessa!

Tutto il sangue era affluito al viso di Daniela.

– Papà...

– Aspetta. Non mi ritiro; lo sposerai, ma abbiamo da fare certi patti...

Vedendo che egli esitava:

– Ebbene, parliamoci chiaro! Io i miei quattro soldi non voglio buttarli al primo venuto, regalarli ad uno che non so da dove viene e che col pretesto di sposar mia figlia, mi spoglia la casa... dei miei, non ne avrà quel signorino... e poi io sono un pover'uomo in confronto dei signori della città, e quei pochi soldi a Torino sai che cosa durerebbero? Niente! E se qui passo per un uomo ricco, in città sarei un povero diavolo... in conclusione, se il tuo Rinaldi vuol te, bene! ti sposi pure, l'ho promesso e mantengo, ma senza i miei soldi, hai capito?

Daniela ascoltava con aria tacita e sdegnosa, ed egli allora con voce più raddolcita: – Gli è quel poco che ha portato tua madre... ma pochissimo, sai, non farti delle grandi idee, quel po' di terra, quattro o cinque mila lire... Quello non voglio torgliertelo ma c'è tuo fratello... dividerai con Geppino com'è giusto... via, per far le cose ammodo, ti darò tremila lire: il corredo lo hai, la tua povera mamma ne aveva ammucchiata della roba... pigliati tremila lire e sposatevi, non è più affar mio.

E vedendo che ella continuava a tacere, egli tornò ad arrabbiarsi:

– E non credete che alla mia morte troverete dei tesori; della roba mia son padron, io e posso anche buttarla via se mi piace, anche buttarla giù nel torrente; anche regalarla a uno straniero!

– Nessuno ha da pretendere nulla capisci? Nessuno!

Soffocava. Il pensiero che un giorno o l'altro qualcuno potesse prendersi per sè la roba sua, gli dava una smania furiosa.

– Ebbene, papà, – disse freddamente Daniela, – scriverò al signor Rinaldi tutto questo, se volete, ed egli verrà a parlare con voi...

– Io gli scriverò!... gridò pare Gioanni, io! gli dirò le cose ben chiare! Se gli accomoda, bene! se no, vada!... e qui una imprecazione. Dammi il suo indirizzo; tanto lo so che siete in relazione!

Finì così, con una rude ironia, e avvolse d'uno sguardo irritato e duro la figliuola.

Daniela rimase ancora qualche tempo immobile presso la finestra, con l'animo turbato da sentimenti indefiniti. Era stupita di non provare una vera gioia, a quella notizia, che pure aveva così ardentemente desiderato. Piuttosto si sentiva come stordita, con un fondo d'amarezza nell'anima. Le parole dure, egoistiche del padre la avevano offesa e gliene era rimasto un ribollimento d'ira, di sdegno, di dolore. Anche sentiva un vago indeterminato dubbio sulla maniera onde il Rinaldi avrebbe accolto le proposte d'interesse di suo padre. Se davvero il giovane avesse pur fatto calcolo sulle presunte ricchezze di lei? Se quel saperla quasi povera raffreddasse il suo amore? Ella sentì d'un tratto gelarsi il cuore, un affanno immenso la vinse, le parve che non saprebbe sopportare tanto dolore...

Passò così tre giorni, sempre in ansia, combattuta da timori e speranze, senza osare ella stessa di scrivere al fidanzato. Perchè se egli la amava veramente, non era necessario che ella scrivesse; e se non l'amava... a che sarebbe servita la sua lettera?

La mattina del quarto giorno arrivò il Rinaldi. Daniela, che era nella stanza comune, stirando la biancheria, quando lo vide entrare restò col ferro in mano, come incantata, e divenne pallidissima.

– Daniela, disse lui sorridente.

– Ah! gridò ella; lasciò il ferro, gli si slanciò incontro. Si strinsero le mani, a lungo, pareva non sapessero staccarsi. D'un tratto Daniela si mise a piangere.

– Daniela, povera Daniela, mormorò lui, ora tutti i guai saranno dimenticati!

Allora ella capì che egli accettava i patti. Ed ecco una gioia immensa le inondò il cuore, ed ella singhiozzò forte, forte ma di gioia.

Entrò la Rita, e restò muta a guardarli. – Rita, chiama papà, – disse Daniela, ridendo fra le lagrime, va a chiamare papà.

Quando pare Gioanni venne, li trovò seduti tranquilli uno presso all'altro, a discorrere. Egli salutò abbastanza cortesemente il fidanzato, e lo invitò a restare da loro a mangiare.

– Mi fermerò tutto il giorno oggi, e domattina, disse il Rinaldi, ho preso due giorni di permesso.

Come fu allegra quella mattina, Daniela! pareva un'altra, pareva rinata! Chiacchierava, rideva, proprio come una volta, molti anni prima, quando era ancora una bimba. Anche pare Gioanni fu di buon umore, e fece sturare qualche bottiglia *in onore degli sposi*.

Dopo, Daniela e Rinaldi uscirono, soli, e andarono al camposanto a trovare la mamma.

Ora non importava più che li vedessero a spasso, soli; tutto il paese sapeva che erano due fidanzati, e che fra due mesi sarebbero sposi. Anzi, per la strada tutte le conoscenze sorridevano liete ai due giovani; le donne accennavano maternamente a Daniela, gli uomini prendevano una certa aria furba, assai buffa... le giovinette arrossivano dando lunghe occhiate di invidia a Daniela.

Difatti facevano una bellissima figura, quei due; parevano proprio una coppia di signori: Daniela, così pallidamente bella nel suo abito da lutto; il Rinaldi in un bel costume elegante da città... con gli occhiali, con quel suo certo sussiego, che ricordavano tutti.

Al camposanto Daniela pianse inginocchiata sulla tomba della mamma, e volle che il Rinaldi le si mettesse al fianco, perchè la madre potesse benedirli entrambi. Ma non erano tristi, nemmeno in quel luogo, e con quei pensieri. L'amore è lieto, anche se fiorisce sulle tombe..

Quando rientrarono, pare Gioanni era già a casa, e subito si incominciò una specie di consiglio di famiglia, nel quale si stabilirono le nozze per la metà di luglio. Daniela avrebbe voluto rispettare l'anno di lutto, ma il Rinaldi aveva dichiarato che egli doveva approffittare delle vacanze per maritarsi; durante l'anno non gli era possibile avere un permesso. E poi, non era meglio oramai sbrigarsi? La buona mare Vigina sarebbe assai contenta di vedere a posto sua figlia; era morta con quel desiderio!... Del resto, a Tuolo, i morti non si piangono tanto tempo, e sei mesi di lutto bastavano per ogni convenienza.

A quel consiglio aveva preso parte anche la Rita, e non era quella che parlava meno. La Daniela era così contenta, che non ci badò; ella amava tutti oramai, e non rammentava altro, della Rita, se non che ella aveva favorito il suo amore fin dal principio, quando tutti gli altri lo contrariavano.

– Pare Gioanni ripetè pur chiare e nette le condizioni che metteva al matrimonio: Tremila lire in contanti, il corredo, e null'altro. Nè adesso nè poi.

– Va bene, disse semplicemente il Rinaldi. E quella franca risposta piacque a tutti, e dileguò pur l'ultima nube dalla fronte di pare Gioanni.

La sera ci fu un po' d'allegria in casa. Erano stati invitati i vicini e gli amici, a bere una bottiglia alla salute dei fidanzati, e così la lieta notizia si era comunicata ufficialmente, e tutti poterono rallegrarsene ad alta voce. Che bella serata fu quella! Da quanto tempo non si erano più radunate tante gioconde persone nella casa che la malattia e la morte avevano visitato!

C'erano Margherita e Ambrogio, sposi felici e innamorati; c'erano il notaio e la sua signora, il farmacista Bigotti e sua moglie; il dottor Fausari; il maestro Busio e la maestra Carotti, che si ostinavano ancora a non voler diventare una coppia; il maestro Rossi, un nuovo venuto, che aveva sostituito il Rinaldi nel suo ufficio; il gobbo Bastiano, l'allegro Stenlino con sua moglie Annin, e tutti insomma i soliti amici, e antichi frequentatori delle veglie di pare Gioanni.

L'allegria fu grandissima; i complimenti ai fidanzati fioccavano; ve ne furono in prosa e anche in versi; in dialetto e anche in lingua; perchè, il vino aveva eccitato tutte le fantasie poetiche dei montanari.

L'adunata si sciolse tardi nella notte, e più d'uno stentò a trovare la via del ritorno, benchè la notte fosse splendida, e rischiarata da una magnifica luna. Rinaldi era, per quella notte ospite del maestro Busio, che gli era sempre stato buon amico, ed ora, si capisce, lo era divenuto ancora più, ed era superbo di ricevere a casa sua un maestro di Torino, che diverebbe, tra poco, pure il genero del signor sindaco!

Quando tutti se ne furono andati, anche Rinaldi, che pure era rimasto l'ultimo, Daniela salì nella sua cameretta, proprio sua ora, perchè la Rita dormiva, da qualche mese, in una stanzina a pianterreno, presso la cucina. La fanciulla si mise alla finestra, a contemplare il paesaggio inondato dalla luna, le cime scintillanti, i campi chiari, giocondi sotto quella candida luce, e l'esultanza del suo cuore si sfogò in una dolce preghiera, in una effusione di lagrime soavi. Sua madre, sua madre era con lei, la guardava, le sorrideva dal cielo; certo quell'anima semplice, che aveva conosciute così poche cose della vita e del mondo, ora, illuminata di una luce celeste, vedeva profondamente, esattamente ogni cosa, e guidava la figliuola con sicura scienza verso la sua felicità.

Il domani Carlo Rinaldi partì, ma il dolore della separazione fu alleviato dalla speranza di un prossimo rivedersi. Difatti, la Domenica dopo, il fidanzato era già di ritorno, e così fu ogni settimana. Dio! che tempo felice era quello! Le giornate volavano nella dolce attesa, nei lavori graditi, che la giovinetta preparava per la sua nuova vita di sposa. Ella aveva tratto fuori dalle casse e dagli armadi la roba che la sua povera mamma era andata ammassando per lei, e aggiungendo la sua grazia, le invenzioni del suo temperamento d'artista, abbelliva la tela massiccia con ricamini, con nastri e merletti, che ella comprava alla fiera, o che si faceva portare da Torino dal suo fidanzato.

Erano deliziosi pomeriggi che passava così, seduta dietro la casa, in un piccolo recinto fresco e ombroso, una specie di cortile, dove ella aveva sempre coltivato alcuni vasi di fiori... Qualche, volta la Rita veniva a sedere vicino a lei, e la aiutava, poichè ella era bravissima in quel genere di lavori; spesso anche veniva qualche amica o vicina, la moglie nel notaio, la signora Bigotti, la maestra Carotti, o Margherita.

La vista di questa era la più gradita per Daniela. Margherita si portava del lavoro anche lei; cuciva un corredino per una sua creatura che aspettava; e le due giovani, sedute una presso all'altra, chiacchieravano allegramente e teneramente delle loro gioie e delle loro speranze, mentre dalle loro mani uscivano trine, merletti, tele lavorate a impunture, a orli a giorno, a festoni, così come la fantasia suggeriva alle due gioconde cucitrici.

Quando poi giungeva la Domenica, e con essa il Rinaldi, era una delizia. Egli arrivava la mattina, abbastanza presto, e accompagnava alla messa la sua fidanzata, che ci andava col fratellino e con la Rita; il Rinaldi non era credente fervido, ma era indifferente alle idee religiose di Daniela, non le disapprovava, e non gli dispiaceva di far vedere la sua qualità di fidanzato a tutta quella popolazione di Tuolo, che lo guardava con una compiacenza non scevra d'invidia. Daniela poi era bellissima, con un certo abitino nero, sul quale, a rompere il lutto, aveva già messo una sciarpettina grigia, che formava un bel fiocco intorno al collo. Ma la maggiore bellezza, era sul suo viso, illuminato dalla gioia e dalla tenerezza; nei suoi occhi dolci e luminosi, che si posavano ogni tanto con infinito amore sul fidanzato; nella espressione di orgoglio, di sicurezza, di fede, che era in ogni atto, come se dicesse: Ecco, ho tutto quello che la vita doveva darmi.... Quei pomeriggi domenicali poi, com'erano dolci e belli! Sedevano uno vicino all'altra, nel cortile alberato, quasi sempre soli, poichè ella non aveva la madre per guardarla, ma che importa? Nessuno dei due pensava al male. La Rita andava sù e giù, dava una capatina fin là, sbrigando le faccende di casa, qualche volta ci capitava cercando Geppino coi suoi amici; ma presto li lasciavano soli i due innamorati, e allora incominciavano le interminabili chiacchiere, divine puerilità nelle quali nulla si diceva eppur tutto. Assai spesso anche, con un libro tra le mani, egli leggeva, commentava, discuteva. Daniela ne era felice. Ella si riconosceva così ignorante di fronte a lui! Gli era tanto riconoscente che egli volesse istruirla, illuminarla della sua scienza, della sua saggezza! Ma ella stessa, assimilava assai rapidamente tutta la sapienza del maestro, e qualche volta egli inarcava le ciglia e si stupiva quando, dalle sue parole, dalle sue timide osservazioni, si accorgeva che la sua vivida anima andava assai più in là della fredda parola del libro.

– Tu hai troppa fantasia, tu sogni troppo, – le diceva egli qualche volta seriamente, – la vita non è un sogno.

Le parole e il tono la intimidivano. Si vergognava di non arrivare alla calma stessa di lui, se la prendeva con se stessa, riconosceva bene che egli aveva ragione, e che ella non era come lui diceva, se non un debole cervellino femminile, un eterna bambina, che viveva assai meglio nelle nuvole che sulla terra; erano le piccole nebbie che offuscavano la sua grande felicità. Anche quando uscivano nel tardo pomeriggio, quando una fresca brezza spirava sulla montagna, ed era una delizia posare presso la fontana all'ombra dei castagni, o più su dove si levano dei sedili naturali, massi rotolati dall'alto, e coperti ora di muschio tra gli abeti, i due innamorati sedevano là all'ombra soli e inosservati di fronte alla divina natura, anche allora qualche volta Daniela si sentiva nel mezzo di un confidente discorso come gelare improvvisamente l'anima per una parola di lui, che ella non comprendeva; per un pensiero, che a lei pareva strano, a volte anche assai meno elevato di come ella avrebbe voluto per lui. L'imperturbabile calma del Rinaldi anche in mezzo alle espansioni più dolci, quella sua ragionevolezza che si stupiva degli slanci di lei o vi sorrideva, con paterna indulgenza, davano qualche volta a Daniela uno stringimento di cuore, e un lontano dubbio le sorgeva su dal profondo dell'essere: se l'uomo che ella amava non fosse stato quello che ella aveva sognato, se egli fosse per lei troppo, troppo perfetto, e non sapesse mai discendere fino alla sua piccola anima che davanti a lui si chiudeva ancora di più e si prosternava nelle tenebre? Se sempre, per tutta la vita egli fosse destinato ad aver ragione ed ella torto?

Un freddo di paura le correva allora le vene; ma subito ella si rinfrancava fiduciosa, coraggiosa per il suo amore. Non era ella disposta a eclissarsi sempre davanti a lui, a lasciare che l'anima di lui assorbisse la sua come una stella maggiore, assorbe una minore? Ah, ella non avrebbe mai discusso, mai tentato di comprendere. Come, come le sarebbe dolce quell'abdicazione completa della sua volontà, della sua personalità su lui e per lui!

Così fu che giunse il giorno delle sue nozze.

Giorno aspettato da Daniela con trepida, indicibile ansia. Era stata il giorno prima a pregare sulla tomba di sua madre. Vi aveva attinto tanto coraggio, tanta forza! Pure, mentre ella meditava e piangeva vicino a quella croce, le era pur venuto nel cuore il ricordo distinto dell'umile vita di sua madre, umile, forse incompresa ahimè, e solo ora pareva a Daniela di comprenderla all'improvviso come se le fosse sorta nell'anima una nuova potenza di credere e di capire. Quell'umile vita, trascorsa soffrente e silenziosa, le appariva ora in una luce dolorosa e sublime. Ricordava il pallido viso, gli occhi scoloriti della povera donna seduta taciturna presso la finestra, aspettando con timido batter di cuore il marito, il padrone, e una grande pietà la prendeva al pensiero di quella esistenza intera, passata così umilmente in una adorazione incompresa o sprezzata. Vi erano dunque destini così fatti; due incatenati per tutta la vita condannati ad essere estranei l'un l'altro... ah ma sua madre, non aveva scelto, non aveva potuto conoscere prima l'uomo che aveva amato forse solo per dovere, per timore; lei, lei invece più fortunata, aveva eletto contro i pregiudizi e le prepotenze l'uomo che sarebbe tutto per lei, e che doveva ah sì, doveva renderla felice!

Tornando dal cimitero incontrò Margherita.

– Venivo le disse questa, per augurarti ancora stasera ogni bene. Noi siamo tanto amiche, non lo saremo sempre, dì? – Daniela sorrise teneramente, ma con un certo orgoglio. In quel momento non poteva a meno di pensare che la felicità di Margherita, non poteva mettersi a pari della sua e che se ella non avesse conosciuto Carlo Rinaldi, avrebbe forse corso il pericolo di diventare la moglie di Ambrogio Criscen. Ma subito si pentì di questi pensieri di superbia ed abbracciando teneramente l'amica:

– Sempre, le disse, sì saremo sempre come sorelle!

Il domani Daniela vestita d'un abito bianco e adorna specialmente di quella particolare bellezza che dà una trepida felicità, andava al municipio di Tuolo e alla chiesa, dove don Manueli le diede la benedizione nuziale. Materialmente nel paese si fece gran festa, per le nozze della figlia del sindaco: e in casa di pare Gioanni specialmente la tavola rimase imbandita tutto il giorno, e si mangiò e si bevette fino a sera, ora in cui gli sposi accompagnati dal parentado e dai numerosi amici, scesero fin giù alla stazione distante dal paese un tre chilometri a prendersi il treno che doveva portarli a Torino. Eppure nonostante il chiasso dei complimenti in gran parte avvinazzati che piovevano da ogni parte sulla coppia felice, e nonostante il pensiero ineffabile che ella era finalmente unita con l'uomo che amava (solo la morte poteva distaccarnela ora) una grande malinconia la vinse in quel tragitto. Come le cime nevose scintillavano alte sotto i raggi delle stelle! Come il cielo era pieno di pace, e le casupole grigio addossate timidamente alla montagna, e i campi che splendevano chiari sulla luna, e gli abeti grandi e rigidi come neri merletti nella limpidezza dell'aria, o gli odori e i sussurri dei suoi monti e il noto scosciar dell'acqua le parevano ora pieni di una dolcezza e d'una tristezza indicibile! Andava ella via per sempre? No, no, era così poco lontano Torino, ed ella aveva promesso di tornare, doveva tornare, non fosse che a riparlare con sua madre nel piccolo camposanto bianco dove l'aveva lasciata. Ma l'angoscia del suo cuore, nelle voci gioconde che da ogni parte la circondavano, fu ad un tratto così forte, che, cercando con gli occhi velati dalle lagrime un viso famigliare e caro, ella vide dinanzi a sè Geppino, il suo minor fratello che procedeva serio ed impettito nel suo vestito nuovo delle feste, e con un mazzo di fiori in mano, per lei. Ed ella stese le mani, afferrò le spalle del fratello, lo fece volgere indietro, e lo baciò a lungo e passionatamente sul visetto stupito, mentre due grosse lagrime le scendevano dagli occhi spremute dal cuore gonfio oltre ogni misura.

VII.

LA VITA NON È UN SOGNO!

Andarono ad abitare in Via Barbaroux, una viuzza stretta della vecchia Torino, sul cui lastrico non scende mai il sole, e dove le case alte e grigie, pare sonnecchino malinconiche, pensando a cose passate... la loro abitazione era al quarto piano di una di quelle case; eppure benchè così in alto, era piena d'ombre tristi, quasi soffocata da un edilizio che le si addossava dall'altra parte della strada, un palazzo sempre chiuso, i cui proprietari erano certamente in campagna.

La sera che vi giunsero per la prima volta, Daniela, tutta stordita dalle varie emozioni, e tutta presa dal suo immenso amore, non si accorse della tristezza della casa. Erano del resto, due stanzette ammobiliate con un certo gusto, e la cucina; il tutto rischiarato giocondamente da una grossa lampada a gas e da una più piccola, a petrolio, aveva un aspetto abbastanza carino; per Daniela poi, abituata alle rusticità della sua casa di Tuolo, quelle poltroncine, quella tavola coperta di un tappeto, quelle tende alle finestre erano un lusso appena sognato. Ma quando, il domani mattina, essendo Carlo uscito, per una sua lezione, (non voleva lasciarla, nemmeno quel giorno,) ed ella rimasta sola; quando aprì le finestre della sua nuova casa, e guardò giù, nel fondo della via, sull'umido lastricato, e poi cercò in alto il cielo, e lo scoprì a stento fra gli erti comignoli, sopra i tetti bruni, ed era così fosco come se non ci fosse più il sole, una improvvisa malinconia l'assalse, ed ella si sentì sola, e come abbandonata, e, chinando il capo sulle mani, appoggiata a quella triste finestra senza luce, pianse, pianse senza sapere perchè...

Rinaldi tornò a casa assai presto, appena finita quella lezione.... Entrò sorridente, un pò pallido, e tese la mano a Daniela.

– Hai pianto? Hai gli occhi rossi, – le disse.

– Oh, – mormorò ella, gettandosi fra le sue braccia – ero così sola; mi è presa una tristezza!

Egli le carezzò i capelli.

– Senti, non bisogna fare così. Non bisogna essere sempre bambina.... Adesso sei una donna, mia moglie! Io ho bisogno di una donnina giudiziosa, seria, che si occupi della nostra casetta, del nostro desinare, e mi venga incontro sorridendo quando torno a casa, e sia allegra e buona! Ecco come ti voglio!

Lagrime? Nervi? Sono cose sciocche! E, al più al più, sono capricci permessi alle signore ricche, che si annoiano, perchè non hanno nulla da fare... A noi no! Carina mia, la vita è una cosa seria!

Quel discorso le mise nell'animo una vergogna di sè stessa, una paura indefinita di non essere la donna che suo marito voleva. Si asciugò gli occhi in fretta, sorrise, balbettò non so che parola.

– Ti piace la nostra casetta? – domandò lui.

– Oh si! – mormorò ella. – solo...

– Capisco... Non vedi più le tue montagne! Ma bisogna rassegnarsi, mia cara, avere pazienza. In città non ci sono più le montagne, e poi, qui tutto si paga, tutto è caro. Si paga anche l'aria, anche la vista del cielo e degli alberi. E una casa nella quale ci sia molta luce, molto sole, è più cara di un'altra. Ora, tu devi persuaderti, carina, che noi non siamo ricchi. Siamo quasi poveri, anzi! e ci dobbiamo contentare di poco!

Questa casa, che ti sembra forse brutta, è già bella per la nostra condizione, e molti dei miei colleghi non ne hanno una simile!

Non voglio oggi affliggerti facendoti conti noiosi; ma domani ti darò il libro della spesa, e ti dirò lo stato preciso delle nostre finanze. Bisogna che tu impari a diventare una perfetta piccola massaia, e allora vedrai che non ci mancherà nulla, e che saremo felici.

Il discorso fu chiuso con un grosso bacio sulla fronte di Daniela, la quale, sorridendo fra le lagrime, turbata, benchè persuasa, provava una incertezza, uno sgomento, come se ciò che Carlo chiedeva da lei fosse estremamente difficile e nuovo. Eppure... non le sapeva già tutte quelle cose? Non era già da prima disposta ad essere la dolce, la modesta compagna dell'uomo adorato: a vivere solo per lui, tutta per lui, senza desideri, senza rimpianti? Perchè quelle stesse cose, ripetute ora da lui, le riuscivano quasi penose ad udirsi? Era forse nel tono della sua voce alcunchè di duro, di pacato, di inesorabile, che la spaventava?

– Oh, hai ragione, Carlo! Che sciocca sono mai! – esclamò infine, – imparerò... Perdonami! E poi, non sono triste, sai! Come lo sarei presso di te? Bisogna solo che tu abbia pazienza, che tu m'insegni...

– Bene,'— rispose Carlo. – Vediamo un po', che hai fatto, mentre ero fuori? I letti son rifatti, brava!

Ma la camera non è ancora tutta in ordine. Per la colazione non ci hai pensato, vero? Un altro giorno provvederai tu a tutto. Io ti insegnerò dove è il macellaio, la fruttivendola; del resto la portinaia ti mostrerà le botteghe di cui potrai avere bisogno. Per oggi, scendo io, mentre tu finisci di ripulir la casa, e compro due costolette. Sai farle cuocere.

La colazione riuscì abbastanza buona, ma la casettina, benchè fosse tutta ravviata, e le tende bianche ondeggiassero alle finestre a un soffio di vento temporalesco, che si era levato improvviso, non voleva parere allegra a Daniela. Poi piovve, e per uscire dovettero aspettare la sera, quando il cielo si fu rasserenato, e le strade nuovamente asciutte permisero ai due sposi una passeggiata al Valentino, a prendere la birra, ascoltando suonare la musica municipale.

– Vedi, – disse Carlo, mentre se la portava dietro a braccetto, timida, stordita, felice. – Questo lusso della birra non ce lo permetteremo altro che la Domenica. Sono dieci soldi, quindici lire al mese! Sarebbero danari sprecati!

– Già, già, – mormorò lei, e di nuovo quella esposizione finanziaria le fece dispiacere. Non lo sapeva già anche lei? Era inutile dirglielo! Ma... Carlo era tanto saggio! Non aveva egli ragione di ammonirla?

Da quel giorno i due sposi cominciarono una vita regolare, quieta, felicissima, certo, poichè nulla mancava alle loro modeste pretese.

Il domani stesso Rinaldi aveva dato a sua moglie un libro per i conti, e le aveva esposto, seriamente e chiaramente, lo stato delle loro finanze. Il suo stipendio come maestro comunale non era che mille e trecento lire, per ora; col tempo sarebbero più. Cento lire al mese, nette, togliendo le tasse e le ritenute. Poi, egli faceva delle lezioni private, che gli rendevano una cinquantina di lire al mese, ma queste non erano fisse, e non bisognava contarci su con certezza. D'inverno, poi, egli aveva la scuola serale, e allora guadagnava altre quattrocento lire. Insomma, una media di duemila lire all'anno. Non era molto, ma nemmeno era tanto poco. E con un po' di testa e di economia si poteva tirare innanzi benino. La casa costava trenta lire al mese; il resto doveva servire per ogni altro bisogno, e di più, diceva saggiamente il Rinaldi, bisognava mettere da parte qualche soldo.... Non si sa mai!

– A proposito di questo – disse egli anzi a Daniela, – ci sono le tremila lire che mi ha dato tuo padre. Eccole qua, in tante cartelle di rendita al portatore. Ora devi decidere tu. C'è un banchiere, il signor Levi, il padre di un ragazzo al quale do lezione; e con lui parliamo qualche volta, così, di affari. Sa che ho preso moglie, e mi ha detto: «La dote di sua moglie, signor Rinaldi, non se la faccia mangiare da nessuno. La metta nelle mie mani; io mi impegno di fargliela fruttare bene».

Ma questi denari non sono roba mia; sono tuoi, e tu devi decidere. Vuoi tenerli così, in cartelle, o affidarli al signor Levi? Egli mi ha detto che, nella sua banca, mi frutterebbero almeno il 6 per cento. Sarebbe un vantaggio, certo. Ma io non voglio consigliarti. Tu devi decidere....

– Oh, Carlo! – esclamò ridendo Daniela, – e che vuoi tu ch'io sappia di queste faccende? Quei danari papà li ha dati a te. Fanne quello che vuoi.

– No, no, – disse Carlo, scotendo il capo con aria malcontenta, – non sono cose da ridere. Sei tu che devi dirlo. Ecco, ti spiegherò: Lasciando le tremila lire al signor Levi, avremmo almeno 180 lire all'anno sicure; la rendita ci darà invece solo 120 lire. Hai capito? Decidi tu.

– Ma io non so! Fa come vuoi tu!

– Tu lo devi dire; è roba tua, – ripeteva ostinatamente Carlo.

– Ebbene, se fa di più dalle al signor Levi. Ti pare?

– Dunque, farò come tu vuoi. Ma ricordati che tu mi hai detto: dalle al signor Levi.

Daniela non pensò più alle tremila lire. Ella andava abituandosi alla sua nuova vita, e se ne compiaceva anzi, in una crescente esaltazione d'amore. Quei giorni d'estate, di vacanza per Rinaldi, passavano molto in fretta. Si occupava della sua casa, con molto più zelo che non paresse.

Badava all'economia; usciva ella stessa a fare la spesa; cucinava il modesto desinare, felice, quando Carlo diceva:

– Questo è buono. –

Poi, siccome egli aveva tempo, ogni giorno le dava un po' di lezione; lingua italiana, storia, storia naturale. Ella era un'allieva docilissima e molto intelligente. Certe volte anzi Carlo stupiva delle cose ch'ella ricordava, delle domande che gli rivolgeva; e non sempre egli sapeva rispondere. E allora egli ne rimaneva quasi un poco offeso, come se Daniela facesse apposta a mortificarlo... Le andava anche insegnando un po' di francese, ch'egli aveva imparato nella scuola tecnica; nulla più che la grammatica; e Daniela subito vi si era appassionata, e trovati nella piccola biblioteca di lui due o tre libri francesi, si era messa a leggerli avidamente, e capiva già tutto, come se avesse studiato sempre quella lingua.

In quelle vacanze erano tornati un paio di volte al paese. La prima, era una Domenica d'Agosto; Daniela ci andò con indicibile commozione, e quando vide da lontano il campanile di Tuolo non frenò più le sue lagrime, nonostante il malcontento manifestatole subito dal Rinaldi.

– Sei troppo nervosa, fai ancora troppo la bambina, – le disse. – Pare quasi che tu ci torneresti volentieri, per sempre; che tu non sia felice con me...

– Oh, Carlo! – balbettò ella, soffocata dal pianto.

Con che dolce affanno passò la soglia di quella che era stata la sua casa! Oh, quelle stanze; quali, quante cose le ricordavano! Come le pareva bella allegra, quella da pranzo, che pure le spiaceva una volta, perchè le era sembrata umile e povera! Come scoppiettava il fuoco, in cucina, nell'enorme camino, dove le grosse pentole bollivano con allegro rumore! Una grande tenerezza la prese per quelle vecchie cose, che ella aveva disprezzato una volta. Solo le persone non le parevano più quelle d'un tempo; i visi erano divenuti freddi, indifferenti... Pare Gioanni si mostrò mediocremente sodisfatto di vedere sua figlia e suo genero; aveva l'aria preoccupata, quasi imbarazzata. La Rita aveva più che mai un fare da padrona, e Daniela la vide sedersi presso quella finestra, dove era sempre stato il posto della mamma... Ciò le spiacque; ma non osò dire nulla; non si sentiva più a suo agio, là dentro; le pareva oramai di essere quasi un'estranea... Nel pomeriggio, ella andò a trovare i Crescen, e la vista di Margherita le fece un gran bene.

Si sfogò con lei di quell'accoglienza fredda, che le avevano fatta i suoi; neppure Geppino non si era mostrato molto affettuoso con la sorella! Suo padre, poi, non le aveva nemmeno domandato se si sarebbe fermata la sera!

– Mia cara, – rispose Margherita un po' imbarazzata, – sai bene, quando si esce di casa, e non c'è più la mamma, si diventa come estranee.

La nostra casa, oramai, quando ci sposiamo, è quella del marito.

La seconda volta che Daniela tornò al paese, fu uno degli ultimi giorni di Settembre, quando sugli alti colli si vendemmiava, mentre già scendevano dai monti le mandre, e le vette si coprivano di nebbia soffice come bambagia. V'era nell'aria odore di mosto, odore di fieno, odore di granaglie; tutti gli odori inebbrianti dell'autunno, che ha raccolto già tutti i suoi frutti. Ma l'aria era ancora dolce, come d'estate. Pure la sua casa parve fredda a Daniela, fredda e triste, questa volta; ah, no; non era più la sua casa!

– Cara Daniela, – le disse Margherita, che la vide piangere, – è meglio che tu ti persuada e ti rassegni! Come non hai capito che la Rita è oramai la vera padrona là dentro?

– Possibile! esclamò dolorosamente Daniela.

– E... da tutti si dice che tuo padre la vuole sposare, – aggiunse Margherita.

– Possibile? Possibile?

Ah, le era venuto qualche volta il sospetto che fosse così, ma sempre lo aveva respinto con orrore!

Un'altra donna al posto di sua madre! Come sarebbe possibile, mio Dio! Eppure, sì, ora che ci ripensava, e ricordava il contegno di suo padre e della Rita, sì, forse l'amica aveva ragione!

Lo disse al suo Carlo la sera mentre erano soli nella loro cameretta di Via Barbaroux.

– Che fare? Che fare?

Rinaldi corrugò la fronte.

– È una cosa spiacevolissima, – disse, con aria malcontenta, – ma non mi stupisce; me l'ero già imaginata.

– Ah, è brutto, molto brutto! La mia povera mamma!....

– E quello che è peggio, – disse ancora il Rinaldi, – è che quella donna prenderà tutto; e tu, alla morte di tuo padre non avrai nulla.

E, vedendo sul viso di Daniela uno stupore doloroso:

– Capiscimi bene, le disse – è per te che mi dispiace! Tuo padre, se si rimarita, può avere altri figliuoli....

– Ma egli me lo ha ben detto che non ho da sperare altro da lui, e io non ci ho mai pensato al suo denaro; non è per questo – rispose Daniela.

– Già, – disse lui con qualche ironia, – con le tue idee romantiche! Ma la vita, mia cara non è un romanzo! Nella vita, il denaro è una gran cosa. Se tuo padre ti avesse lasciato un giorno una piccola somma, che so! diecimila lire, per esempio, noi avremmo potuto prepararci un avvenire modesto, ma sicuro. E i nostri figliuoli, se ne avremo, avrebbero potuto godere una buona educazione, e farsi un giorno una posizione indipendente. Perchè, vedi, se il denaro per se stesso non vale nulla, esso ha un grande valore, quando si converte in benessere e felicità.

Ella ascoltava in silenzio, ma con una certa amara espressione sul viso. Certo egli aveva ragione, come sempre, ma quelle parole, che suonavano rimprovero, la ferivano anche, nella loro novità fredda e calcolatrice.

Quel discorso lasciò come un'ombra fra i due sposi.

Si vedeva ch'egli era malcontento, e lei un poco avvilita, come delusa. Nei giorni che seguirono si parlarono poco; del resto Rinaldi aveva dovuto anche tornare a scuola, e Daniela passava oramai lunghe ore sola, nella stanza che l'autunno andava già empiendo di ombre .malinconiche. Ma ella lo amava troppo, e troppo il suo cuore era bisognoso di affetto, di carezzevoli parole, per non essere la prima a cedere. Del resto, ciò che lui le aveva detto non era vero, in fondo? Era la vita, quella! e lei aveva torto di ostinarsi a volerla a modo suo.

– Carlo, – gli disse una sera, avvicinandosi a lui, tenera, piena di timide blandizie, – forse ti ho offeso senza volerlo; perdonami! Non essere in collera con me, Carlo mio!

Il giovane che stava leggendo un giornale scolastico, alzò gli occhi, come sorpreso, e pareva non ricordasse più la ragione di quella loro freddezza. Ma tosto sorrise, scosse il capo con indulgenza, e indicandole la sedia vicino a lui.

– Siedi, – disse, – sta a sentire... Ah, per quella questione di tuo padre! Oh, non ci penso nemmeno più! Ciascuno è padrone di fare quello che crede dei propri denari! Lascia che si mariti! Se ne pentirà...

Ma ascolta; volevo dirti invece... Questo qui è un giornalucolo, sciocco, noioso, malfatto. Mi suggeriscono, – sono i miei colleghi – di fondarne uno; si potrebbe chiamarlo la *Vedetta scolastica*. Costerebbe poco. Lo farei quasi tutto io... e qualche collega, che lavorerebbe gratis, almeno per ora. Si potrebbe aggiungere una parte letteraria, e tu, ho pensato bene? potresti, non dico,scrivere qualcosa, perchè, si sa, non hai pratica, e ti manca anche la coltura necessaria, ma tradurre dal francese... Sai, ci sono libri, che nessuno legge; che si possono stampare tradotti o rifatti, e nessuno se ne accorge; basta farlo con garbo. Non costerebbe nulla... E tu saresti così la mia collaboratrice.

Ella arrossì di piacere. Come! Suo marito la credeva capace di mettere insieme qualcosa per un giornale! Ma dunque un suo sogno segreto, che ella non avrebbe mai osato confessare nemmeno a sè stessa, si potrebbe dunque avverare!

Abbracciò suo marito con infinito trasporto. Egli continuò a spiegarle, infervorato, la natura del suo giornale. Un foglio che trattasse gli interessi degli insegnanti, e le più importanti questioni didattiche; un foglio al quale tutti, tutti i maestri d'Italia si abbonerebbero! Tre lire all'anno niente più; e tremila abbonati sicuri! E non poteva essere diversamente. Egli sapeva il fatto suo; era pratico di cose scolastiche; si sentiva il coraggio di fare un bel giornale, che sarebbe nello stesso tempo un'opera buona; e poi, e poi.... l'avvenire chi sa che sorprese gli preparava! Quel giornale poteva aprirgli tante strade; portarlo in alto, in alto! E allora non sarebbero più necessarie le diecimila lire di pare Gioanni!

Daniela sorrideva, tutta felice, seguendolo in quei suoi sogni ambiziosi. Oh certo Carlo non era fatto per passare la sua vita a fare il maestro elementare! Un ingegno simile poteva sperare assai più! e lei, lei così umile e modesta, sarebbe destinata ad accompagnarlo nella vita splendida che lo aspettava!

– Solo – disse lui ad un tratto, con fare più carezzevole di quello che fosse solito – solo, mia cara, sarebbe necessario che tu facessi subito un sacrifizio.... Quelle tremila lire, che ora, tiene il signor Levi, dovrebbero fare i fondi per le prime spese.... E tu....

– Oh, Carlo mio! – lo interruppe lei palpitando di gioia, – hai bisogno di dirmele tu, certe cose? Ma prendi quel poco che ho! E mi rincresce solo che sia tanto poco!

La pace così fu fatta, e anzi una nuova tenerezza avvinse in quell'ora i due coniugi. Il domani stesso Carlo si occupò di cercare un tipografo, e di fare la prima propaganda per il suo giornale.

Questo però lo costrinse a uscire anche la sera, e la povera Daniela rimase molto sola. Ella non vedeva più suo marito che ai pasti frettolosi durante i quali egli non parlava che di legislazione scolastica e di questioni pedagogiche, poi subito se ne andava: la scuola, i colleghi, la tipografia gli rubavano tutto il tempo.

Intanto il giornale fu fondato, e cominciarono a comparire i primi abbonati. Ma non era già quell'affluenza che Rinaldi aveva sperato; gli abbonamenti si pagavano stentati, racimolandoli dubbiosamente qua e là. Il primo numero della Vedetta, del resto, era pesante e noioso, e qualche collega che aveva pagato le tre lire dell'abbonamento, se ne lagnò a voce e per iscritto col direttore.

– Ingrati! – esclamò il Rinaldi, inghiottendo quelle prime amarezze. – E non capiscono che lavoro, per essi! per il bene di tutti, e che sono solo!

Che fosse solo, non era vero, perchè Daniela lo aiutava in tutti i modi. Ella imparò a correggere le bozze, ella a tenere i conti, a rispondere ai lettori nella piccola posta, a fare la corrispondenza; e la parte letteraria la compilava tutta lei, traducendo e anche rifacendo qualcosa dal francese, da vecchi giornali illustrati che Rinaldi aveva comprato in blocco da un venditore di libri usati; e anche timidamente aveva incominciato a scrivere certi bozzettini, che non erano privi di una grazia ingenua e semplice, di una naturale vivezza, che li rendeva piacevoli e originali nonostante le mende della composizione e le incertezze della lingua. Naturalmente ella non firmava nulla, assai felice di collaborare col marito senza ambire altro premio che la soddisfazione di rendersi utile a lui e di alleviargli la fatica.

Lui leggeva sbadatamente i tentativi letterari di sua moglie, correggendo qua e là qualche ingenua espressione piena di forza natia in una sciatta locuzione scolastica; del resto, non dava alcuna importanza a quei componimenti; egli aveva sempre disprezzato la frivola letteratura ed era fermamente convinto che i versi e i racconti fossero roba buona soltanto per i fanciulli e per le donne, ma indegni degli uomini seri che si propongono alte questioni nella vita.

Del resto egli era sempre più convinto di essere chiamato a grandi cose; trattava ogni questione scolastica con grave e posata pedanteria, e si era fatto un piccolo corteo di amici, che venivano qualche volta anche a trovarlo a casa e che empivano le stanzette di via Barbaroux di sonore e noiose discussioni. La povera Daniela per quanto si appassionasse a tutto che riguardava suo marito, non riusciva a interessarsi a quelle aride questioni, e involontariamente il suo pensiero si distraeva, volava lontano, ai suoi monti, al suo paese, alla sua casa lassù, alla neve che ora certo doveva ricoprire tacita e bianca ogni cosa, anche il piccolo cimitero e la tomba di sua madre. Qualche volta il Rinaldi le faceva rimprovero di questa sua indifferenza, ma alle umili proteste di lei, rispondeva infine in tono di concessione sdegnosa:

– Del resto, tu non puoi capirne niente, lo so. Non son cose che ti riguardano.

Ella rimaneva turbata, quasi offesa, da quel tono di sprezzo. Oh, certo ella conveniva di avere un cervello poco profondo, troppo leggero, pronto a galoppare dietro tutti i sogni della fantasia e incapace di comprendere le difficili questioni per le quali si appassionava suo marito... e poi ella aveva imparato così poco! per quanto facesse, era pur sempre una povera ignorante, mentre suo marito, si poteva dire un dotto, che aveva studiato tanti anni nella scuola normale, e andava ancora qualche volta a udire le lezioni di filosofia all'università. E quel che era peggio, è che ella non riusciva a imparare ciò che pure avrebbe voluto. Nella piccola biblioteca di suo marito, c'eran dei volumoni grossi così, tutti irti di cose difficili, etica, sociologia, filosofia, e specialmente di quella benedetta pedagogia per la quale (oh ella se ne accusava amaramente!) Daniela provava, un'invincibile ripugnanza.

Anche Carlo gliene portava a casa di libroni, di opuscoli o di giornali pieni di questioni interessantissime, come diceva lui, e che ella si sforzava a leggere nelle lunghe ore di solitudine.... ma che era per lei un'insopportabile tortura e quando pur riusciva d'andar sino alla fine, avrebbe dovuto tornar da capo, perchè non sapeva ritenere il filo di logica che certamente teneva insieme quelle difficili cose. Ella avrebbe pianto di umiliazione e dispetto, e pensava che ella non era se non una povera sciocca, indegna di esser la compagna di un uomo di tanta intelligenza. Oh, era proprio un'animuccia leggera, che volava così volentieri per i cieli azzurri, tra i fiori, in un raggio di sole, nelle visioni brillanti o tenere di una esaltazione che ella non cessava di biasimare.

Ed anche si era resa colpevole di un torto assai grosso, che ella non aveva confessato subito a suo marito, per timore di essere sgridata; ma lui, com'era buono! si era contentato di stringersi sdegnosamente nelle spalle e non le aveva mosso una parola di rimprovero.... v'era cioè all'angolo di quella via Barbaroux, una vecchietta che aveva un bugigattolo nel quale vendeva fiammiferi e giornali e teneva una bibliotechina circolante a un soldo per ogni volume prestato, oppure a venti soldi al mese d'abbonamento. E Daniela vi si era abbonata e nella sua smania di leggere, di leggere, o di rinfrescarsi il cervello stanco con opere gradite di fantasia e di bellezza, s'era portati in casa quasi tutti i libri della vecchietta, e li divorava con una febbre di piacere, pur misto di qualche vergogna e di rimorso.

Del resto nè la sua collaborazione al giornale, nè le faccende della casa, nè la lettura riuscivano più a empirle le giornate e le sere solitarie e tediose. Ella non osava lagnarsi nemmeno con sè stessa delle assenze del Rinaldi. Sapeva bene che usciva solo per lavorare e che la scuola e la tipografia lo tenevano tutto. Lo vedeva anche spesso stanco e preoccupato; ella sapeva anche, poichè era lei che faceva la segretaria, che il giornale non andava bene, che gli abbonamenti continuavano ad essere scarsi, e che il Rinaldi solo non bastava a tutto il lavoro settimanale che richiedeva la parte didattica del foglio. Ma un giorno Daniela ebbe a provare un tormento nuovo, una pena che le era stata ignota sino allora. Suo marito tornando a casa con volto raggiante, le aveva dato notizia di aver trovato una collaboratrice, una collega di buona volontà che si era offerta di aiutarlo a fare il giornale, senza pretendere alcuna ricompensa, almeno fin che gli affari non andassero meglio. «Chi è questa collega?» domandò Daniela andando incontro con instintiva antipatia a quel nome.

– È la signorina Berrini, una bravissima insegnante, colta, intelligente, che ha già scritto di cose pedagogiche, – rispose con visibile soddisfazione il Rinaldi; – oh, un aiuto prezioso!

– È giovane? – domandò palpitando Daniela.

– Giovane, – ripetè Rinaldi come sorpreso. Non so quanto avrà, non ci ho mai badato. – Ma è bella? – insistè Daniela. – Ma che vuoi che io me ne intenda! forse che bado a queste cose io! È intelligente, ecco l'essenziale.

Qualche giorno dopo la signorina Berrini, venne a far visita a Daniela. Era una zitella di forse trent'anni, bruna, magra, ossuta, dal fare energico e risoluto. Nè brutta, nè bella, ma abbastanza simpatica. Daniela si rassicurò alquanto poichè le pareva di essere assai più bella, il che non le impedì tuttavia di provare un senso di pena ogni volta che Carlo andava in casa delle Berrini, dove la ragazza abitava con un fratello e con la vecchia madre.

L'inverno intanto stava per finire e già Daniela si rallegrava pensando che nella sua monotona esistenza pure avrebbe riavuto lo svago di qualche passeggiata per i colli o nei giardini la sera col suo amato; già pensava anche, senza osare di dirlo apertamente, che Pasqua non era più tanto lontana, e che ella avrebbe potuto andare per qualche giorno con suo marito lassù al paese a rivedere quei luoghi ai quali il suo cuore volava con indefinibile malinconia, quando ricevette da Tuolo una lettera nella quale suo padre le dava laconicamente la notizia che egli aveva deciso di riprender moglie e sposava la Rita.

VIII.

SENZA SOLE.

Due anni dopo era nato un bimbo a Daniela. Ma quell'avvenimento non fu molto lieto per la povera giovane; le condizioni della famiglia erano andate sempre peggiorando.

Ora non stavano più in Via Barbaroux, ma da alcuni mesi avevano affittato un paio di stanzette in Via Principe Tommaso, due stanzette in fondo ad un cortile, abbastanza chiare e allegre ma molte piccine. Ed erano assai più a buon prezzo, ciò che aveva appunto deciso il Rinaldi, perchè l'economia era ormai divenuta la sua preoccupazione principale. Difatti, «La Vedetta» che era sempre stata passiva aveva dovuto cessare la sua pubblicazione, dopo avere ingoiato interamente le povere tre mila lire di Daniela. Ella non se n'era lagnata affatto. Il giorno in cui Carlo con voce tremante e stizzosa le aveva dato la triste notizia, ella non aveva pensato che a consolarlo, dolente solo del suo dolore e aveva trovato per lui tutte le divine parole di conforto che l'amore suggerisce. Vinto da quella generosa tenerezza egli aveva balbettato stringendole le mani: – Ma adesso siam poveri, siamo proprio poveri, ed è per colpa mia, Daniela; mi perdoni?

– Oh, – aveva risposto ella, con un riso divino – e perchè saremo poveri se ci amiamo? –

Da quel giorno egli si era dato a lavorare più che mai, facendo, oltre alla scuola diurna e serale, anche delle ripetizioni in un istituto, e così Daniela vide delusa la sua segreta speranza che il marito potesse dedicare ora a lei un po' più di tempo che per il passato.

Ma intanto «La Vedetta» non solo aveva consumato il piccolo patrimonio: anche dei debiti aveva lasciato, qualche centinaio di lire, che sarebbe assai difficile pagare col limitato guadagno del maestro. Questi pensieri lo facevano triste e preoccupato. Le poche ore che passava in casa, egli sedeva stanco e silenzioso come indifferente a tutti i tentativi che la giovane donna faceva per distrarlo. Lo turbava l'avvenire, specialmente ora che aspettavano un bimbo e che non vi erano più speranze di miglioramento in quella incerta condizione. Più di tutto poi lo pungeva l'idea d'aver avuto torto, di non esser riuscito in ciò che aveva pensato. Torto? No, egli non aveva avuto torto; solo il destino lo aveva perseguitato.

Ne era tanto più convinto in quanto che Daniela glie lo ripeteva sempre: poteva egli avere sbagliato, egli, così intelligente, così previdente e saggio; quando egli le aveva proposto di prendere un quartierino più piccolo perchè le cinquecento lire di Via Barbaroux pesavano troppo sul magro bilancio, ella aveva acconsentito, felice: – Noi due insieme, non staremo bene dappertutto?

Del resto le due stanzette della nuova abitazione le piacevano di più: in quel cortile entrava un po' di sole e i vicini avevano un'aria buona e simpatica, ciò che nella sua solitudine era di qualche conforto a Daniela. Anche la maestra Berrini continuava sempre a venirla a trovare, benchè il giornale non si pubblicasse più; ma ora Daniela non era più gelosa; si era anzi affezionata a quella buona ragazza e le invidiava solo un po' la sua intelligenza e le tante cose che ella sapeva; le era fin riconoscente divenir qualche ora la festa, a tener loro compagnia, parendole che suo marito trovasse un certo conforto a parlare con la collega delle cose che più lo interessavano. Quando nacque il piccolo Giorgio, era il nome che Daniela aveva voluto imporgli, perchè le era rimasto impresso per un romanzo che aveva letto, la Signorina Berrini e sua madre le avevano usate affettuose cure. La mamma della Berrini era una buona vecchia, un po' ciarliera e noiosa, felice quando poteva rendere un servizio o dare un consiglio; e siccome ella aveva assai più tempo disponibile che sua figlia, credeva di esercitare la sua carità venendo a far compagnia, alla povera Daniela, tutti i giorni, dalle due alle quattro, anche più, quando le pareva necessario. Daniela si accusava internamente di non essere abbastanza grata alla buona signora per le sue visite, che le cagionavano un senso di oppressione, di noia invincibile. Ella avrebbe veramente preferito essere sola; sola col suo piccino, povero angioletto, che ella aveva preso coraggiosamente ad allattare, benchè ella stessa fosse divenuta così magra e debole da qualche tempo! Eppure! come avrebbe potuto fare? Prendere una balia? ohimè! Carlo aveva dichiarato che era impossibile, e lei lo comprendeva bene! del resto, il pensiero di affidare il suo bimbo ad una estranea le sarebbe stato insopportabile, anche se ne avesse avuto i mezzi.

Le dispiaceva solo di avere poco latte, oh, questo sì! Glielo diceva anche la signora Berrini:

– Quel bimbo piange perchè ha fame. –

Fame, mio Dio! e che doveva ella fare? Si sforzava di mangiare molta minestra, molto pane, molta polenta, sempre secondo i consigli della signora Berrini, benchè ora quei cibi le ripugnassero stranamente. Avrebbe preferito un'ala di pollo, una minestrina al brodo, forse; benchè proprio appetito non si sentisse più: ah! erano finiti i saporiti pasti d'una volta, al paese, quando anche una fetta di pane asciutto le piaceva, una bella fetta di pane, divorato lassù, presso la fontana... Le pareva ancora di sentire il lieve chiocchiolio dell'acqua, che scorreva sui limpidi sassi! Le pareva di rivedere sè stessa, quando verso sera, scendeva lungo lo stretto sentiero scosceso, che menava alla fonte, lei, proprio lei, giovane e lieta, con il suo grosso secchio al braccio; e su, la chiesa suonava l'Avemaria, e il vento stormiva tra i rami, e qualche risata di fanciulla le giungeva, fresca come dell'acqua gorgogliante laggiù... Un prete passava, frettoloso nella sera lontana... don Manueli, eccellente don Manueli! che le mandava da lontano un sorriso benevolo... Dio, Dio! e tutte queste cose erano passate! Daniela si stringeva al seno il suo bimbo, e scoppiava in lagrime... No, no, non doveva piangere altrimenti il suo latte diverrebbe cattivo, e farebbe male al povero Giorgetto...

Di casa sua non riceveva che scarse notizie. Suo padre le scriveva di rado, un paio di volte all'anno. Aveva saputo che Rita gli aveva regalato un'altra bambina, non sapeva neppure che nome le avessero posto! Geppino non scriveva mai; come se si fosse dimenticato interamente della sorella; Margherita Criscen aveva già due bambini, che le davano un gran da fare, e poi la buona creatura non era molto pratica della penna; nè lei nè suo marito. Daniela aveva bensì scritto a pare Gioanni, per annunziargli la nascita di Giorgetto, ma non ne aveva ricevuto in risposta che una cartolina e due polli... La cartolina era fredda, i polli erano magri; si capiva che la Rita teneva ora i cordoni della borsa e le chiavi del suo ex-padrone.

Giorgetto veniva su stentato e magro, povero piccino! Sua madre aveva poco latte, e poi si stancava troppo, tutto il giorno, tutta la notte con quel bimbo al petto, e dover badare a tutto, fare tutto in casa! senza nemmeno un cibo sufficente a ristorarle le forze!

Per quanto le due stanze fossero piccole, era difficile riscaldarle con quella stufetta di ghisa, che mandava piuttosto puzzo che calore, e che pure veniva a costare cara; ah, il carbone quell'anno era un lusso dei ricchi! Persino le signore Berrini venivano più di rado, e facevano delle visite brevi; in quella stanza proprio non ci si poteva stare, per un'ora di seguito! Quanto a lei, Daniela, ci stava tutto il giorno.

C'erano i suoi vicini, brava gente, una famiglia d'impiegati, che le rendevano volentieri qualche servizio. Ma Daniela era troppo fiera per lasciar scorgere tutta la sua miseria, e non accettava nulla in elemosina, no! Del resto, di che avrebbe dovuto lagnarsi? Era un anno un po' duro, è vero. C'erano quei debiti da pagare... Ma si pagherebbero, infine; e allora sì che sarebbe cominciata per loro una vita tranquilla! Erano così giovini ancora, lui e lei! e si volevano bene.

Forse Carlo non le dimostrava tutto il bene che le voleva. Era fatto così, lui. Non era mica espansivo, tenero, come una donnicciuola, come lei, per esempio! Un uomo doveva essere così; lo diceva anche la signorina Berrini, che aveva una grande ammirazione per il Rinaldi.

«Mia cara, tuo marito, (si era messa lei a darle del tu) è un uomo eccezionale. Serio, energico, così mi piacciono gli uomini! Non posso soffrire quelli che sono pieni di smancerie, di svenevolezze! Sei fortunata, veh!»

«Oh sì!» diceva Daniela, con le lagrime agli occhi.

«Ebbene! perchè piangi? Cara mia, hai le lagrime in tasca, scusa se te lo dico. Nemmeno le donne non devono essere così piagnucolose. Guarda me! Non piango mai, io!

Daniela si scusava. Era da qualche tempo che aveva quella debolezza di piangere per nulla. Forse era l'allattamento che la rendeva così nervosa.

Atala Berrini, (si chiamava Atala, e ne era ben fiera!) si stringeva nelle spalle sdegnosamente. Ah lei, lei avrebbe dovuto nascere un uomo! Aveva un'energia virile, lei! Non aveva mai voluto prendere marito, appunto per non avere un padrone...

Perchè, vedi; un marito, se è dello stampo del tuo, (ed è così che dovrebbe essere), comanda lui, come è giusto. E se è un pulcino bagnato, ebbene, allora non mi piace!

Daniela sospirava, pensando che ella aveva ragione. Ah, si! ella non era degna di suo marito; sentiva bene che non riusciva a comprenderlo, a vivere proprio della sua vita.... ella non sapeva altro che volergli bene, ecco! Che povera scienza!

A primavera, finalmente, Daniela potè uscire dalle sue stanze a portare il bimbo ai giardini del Valentino; era poco lontano.' Qualche volta si faceva aiutare da una buona donna, una savoiarda che abitava nello stesso cortile, e che, con scarso compenso le faceva qualche servizio, le lavava i panni di Giorgetto, andava al mercato per lei.... Daniela preferiva la compagnia di quella poveretta, ignorante e rozza, a.... a quella delle signore Berrini, per esempio.

«Si vede bene,» pensava ella tra sè, «che io non sono altro che una volgare contadina!» E allora era presa da una grande compassione per sè stessa e anche da un profondo avvilimento.

Con quella buona donna Daniela parlava delle sue montagne, che a quell'ora dovevano già lasciar precipitare sciolte le nevi, negli scroscianti torrenti, e rivestivano certo i fianchi del tenero verde, che le capre e le mucche si sbandavano a brucare. La sua casa, lassù; il piccolo orto, il cortile, dietro, dov'ella tante volte si era seduta, con l'amiche e con la madre.

Povera mamma! Anche di lei parlava Daniela con la buona savoiarda, e le pareva che quella dovesse capirla meglio che la signorina Berrini! Qualche volta ella andava ai giardini anche con i Palotti, i suoi vicini, che si tiravano dietro mezza dozzina di bimbi, e nei pomeriggi già tiepidi le donne sedevano tutte, una vicina all'altra in corona sulle panche, sotto i rami degli ippocastani già tutti in fiore; i bimbi giuocavano ai piedi delle mamme, trascinavano i carrettini pieni di terra e di ciottoli, i più grandicelli facevano correre il cerchio o la palla. Daniela metteva qualche volta il suo Giorgetto seduto in terra sopra una piccola coperta e il piccino guardava con occhi imbambolati i fanciulli che giocavano, ma anche quando stava lì seduto chieto e buono senza piagnucolare, pure non pareva allegro come gli altri piccini della sua età: sul suo visetto pallido vi era come una continua espressione di stupore o di paura che affliggeva tanto sua madre. Forse che ella col suo latte gli aveva pure inoculato la sua tristezza! Tuttavia quelli furono per lei giorni migliori. Con un lavorino tra mano, prestava orecchio alle chiacchiere delle vicine, ai gridi dei bimbi, e si lasciava accarezzare pigra e beata dal sole; qualche volta un soffio di vento le portava tra i capelli una foglia novella od un fiore. Se alzava gli occhi, guardava il Po scintillare vicino le case rosse dell'altra riva, le colline tutte liete di primavera, e il cielo che era così teneramente azzurro: ella pensava che quelle lievi nuvolette che si rincorrevano avevano forse attraversato i suoi monti. Ora la prendeva più che mai la nostalgia dei suoi monti, e benchè non avesse ancora osato dirlo al marito, si riprometteva, segretamente in cuor suo, di andar su nell'estate, quando il suo paese è così bello, di chiedere ospitalità a suo padre, alla Rita; quello doveva far bene al suo bambino ed a lei. E dopo tutto non era una cosa assai semplice? Non era la casa di suo padre? Vi era un'altra padrona là dentro, è vero, ma la Rita non era mai stata cattiva, e se ora ci aveva una bimba anche lei, che difficoltà avrebbe ad accogliere il piccolo Giorgetto, perchè potesse respirare per qualche tempo un po' d'aria buona, bere un po' del buon latte che gli avrebbe rimesso del sangue nelle vene anemiche? I due bimbi avrebbero giuocato insieme, ecco tutto. E già Daniela provava una grande tenerezza, per quella sorellina piccola che ella aveva lassù, e pensava senza rancore a quella donna che aveva usurpato il posto della madre defunta; ella pensava che la mamma era così buona, che certo a quell'ora aveva perdonato, pur di saperli felici tutti, tutti quelli che ella aveva amato viva che amava certo ancora.

Un giorno, la Signora Berrini venne a trovarla proprio lì, nel giardino.

«Lo sapevo che eravate qui,» le disse, «mi son portata la calza, anch'io; più tardi verrà Atala, quando esce di scuola. E credo che ci sarà anche vostro marito. Non lo sapete che Atala è stata ora cambiata di sezione e che è adesso insieme a Rinaldi?»

No, ella non lo sapeva, suo marito non le diceva mai nulla. Del resto egli era tanto occupato, poveretto, e aveva così poco tempo da stare con lei. La signora Berrini tra una maglia e l'altra, guardava Giorgetto che ora si era addormentato, nel grembo della mamma.

«Dorme troppo quel bambino, è segno di debolezza, ha troppo poca vivacità. I bimbi quando, stanno bene strillano e piangono magari, ma non, stanno lì così queti come quello. Non è buon segno.

– È il sole, – disse Daniela. – Appena prende un po' d'aria e di sole gli vien sonno.

– Vedete? è come dicevo io; invece dovrebbe svegliarsi, ridere, gridare, Ah, se aveste visto la mia Atala, quando era piccina! un vero diavoletto; quando la portavo a spasso, la gente si voltava indietro ai suoi strilli: non era come questo, no, non sembra neppure un maschio.

Daniela si sentiva offesa nel suo orgoglio materno.

– Eppure non è bello il mio Giorgetto? è un po' pallido, ecco, ma prenderà aria buona e diventerà forte. Sapete che quest'anno ho deciso...

Si arrestò, pentita di ciò che stava per dire.

– Che cosa avete deciso? – domandò la signora Berrini spalancando curiosamente i suoi occhietti bigi.

– Voglio andare al paese, da papà, – disse con voce più timida Daniela.

– Ah, ah, ah, – disse con tre pause la signora Berrini e poi, lasciando definitivamente cadere la calza in grembo, – allora è probabile che vi aggiustiate, eh?

– In che, modo? – disse Daniela che non capiva.

– Se andate a casa, non è per parlare con vostro padre?

– Ma parlare, di che?

– Eh, si capisce di interessi: mi pare che sarebbe ora di fargliela capire al vecchio egoista.... scusate!

– Ma, quali interessi? – domandò ancora Daniela, turbata per il tono della vecchia signora.

– Oh, insomma, voi non siete mica una sciocca! E se vostro marito, poveretto per eccessiva delicatezza, non ve n'ha voluto parlare, certe cose le capite bene da voi, che non siete più una bambina!

– Ma no, balbettò Daniela, tutta sgomenta.

– Dio mio, disse la signora, guardandola con aria di profonda compassione, – e sì che, mi pare.... insomma, non siete stanca di patire da tre anni voi, e di far patire vostro marito e il piccino?

– Ma signora, – disse Daniela arrossendo.

– Che serve? – la interruppe bruscamente la signora, – o che volete vergognarvi di me adesso?

La fierezza sta bene fino a un certo punto, figliuola mia: insomma voi tre siete stati qui a patire mentre vostro padre lassù se la sguazza col vostro denaro e si fa mangiare i suoi soldi da una intrusa, da una servaccia!

– Signora, – la ribattè Daniela, rossa come il fuoco, – mio padre, la mia parte me l'ha data.

– Non mi fate ridere, via: o che credete sul serio che la vostra parte, non fosse che di tre mila lire? e credete voi che vostro fratello, lui, si contenterà di tremila lire! e l'ultima la figlia della serva, avrà tremila lire di dote? ah, ah, avrete a vedere quando la mariteranno: altro che tremila lire!

Ma vostro padre, è uno dei più ricchi proprietari di Tuolo! quando egli vi desse per parte vostra venti mila lire, vi sarebbe obbligato in coscienza! Non è una vergogna pensare che i suoi qui, quelli del suo sangue, patiscono e lui ha di tutto, in abbondanza! che non lo so forse, l'inverno che avete passato! mi fate compassione sapete, ma se non vi deciderete, finirete col farmi rabbia, e certo anche vostro marito la pensa così.

– Mio marito! esclamò Daniela che da rossa era diventata pallidissima, – no, no, mio marito è troppo nobile per avere di queste idee. Mio padre gli ha parlato chiaro, quando mi ha sposata: tremila lire vi dò e non un soldo di più. Carlo sapeva bene che io non ero ricca, ed egli non ha mai dato importanza al denaro. Del resto se avesse dovuto darmi una dote più forte, mio padre non avrebbe mai consentito il mio matrimonio.

– Quanto siete ingenua! Voi non capite niente delle cose del mondo! replicò la Signora Berrini con lo stesso tono di indulgente compassione. – Vostro padre, scusate, è un avaro che ha fatto i suoi calcoli sulla vostra ignoranza e sulla onestà del Rinaldi; non sapete voi che se ricorreste al tribunale egli sarebbe obbligato di darvi molto di più!

– Al tribunale, mio padre? – esclamò Daniela indignata e sgomenta, – ma questo non sarà mai! – Oh, signora Berrini, non dite questo a mio marito, per carità! Ma del resto, – si riprese poi con orgoglio, – anche se lo diceste a mio marito, Carlo rifiuterà con sdegno questo consiglio! Vi prego, signora Berrini, non parlatemene più: ciò mi fa male. –

Era infatti tutta tremante e dalle labbra sbianchite si vedeva che le lagrime erano imminenti. Pure non pianse, per quella sua innata fierezza, chè non voleva mostrarsi debole con colei che l'aveva così crudelmente offesa.

– Bene, bene, – borbottò con maniere piuttosto sgarbate la Signora Berrini, – a me poi, che me ne viene? Vi do un consiglio: siete voi che vi avrete a pentire.

Restarono lì tutte e due di malo umore, la vecchia muta con aria offesa, Daniela già più umile, desiderosa di farle dimenticare il suo tono altero di poco prima; ma ogni suo tentativo di rabbonire la severa consigliera fu inutile.

Daniela fu ben felice, quando vide dal fondo del viale suo marito e la signorina Berrini che si avanzavano chiacchierando animatamente. Carlo pareva allegro e Daniela ne fu assai contenta. Pover'uomo, di solito egli era cosi triste e taciturno! Ma appena il Rinaldi ebbe guardato il viso imbronciato della vecchia signora, parve turbarsi, anche lui e gettò a Daniela uno sguardo di malcontento.

– Dunque tu sei alla stessa scuola, con mio marito, – disse Daniela con tono umile e lieto. Come sono contenta per Carlo!

– Sì, – disse la signorina Atala con la sua voce vigorosa e il tono deciso col quale diceva anche le più semplici cose, – ho chiesto una classe maschile e me l'han data. Preferisco i maschi, io alle ragazze. Le bimbe sono piagnucolose, noiose, piene di smorfie. Coi maschi si fan meno cerimonie, e anche se si lascia correre qualche scapaccione di tanto in tanto, non c'è nessuno che venga a lagnarsi. –

E mostrava ridendo la sua mano ossuta e nervosa, che non doveva essere molto dolce, quando si posava con *amorevole correzione* su qualche testa dura.

Ma neanche il buonumore di Atala non scacciò le nubi dalla fronte rugosa di sua madre, la quale appena furono davanti la casa dei Rinaldi, dichiarò che era stanca e che voleva tornar subito a casa sua. Daniela non disse niente, e quel silenzio le valse uno sguardo di rimprovero di suo marito. Ma nemmeno lui non pregò la vecchia signora di salire.

– Che ha dunque la signora Berrini? – domandò egli subito, con tono severo, quando furono a casa loro.

– Ah – esclamò Daniela scoppiando in lagrime, – figurati, Carlo, che ella mi consigliava di chiedere denaro a mio padre!... e di chiederlo anche per via di tribunale!

– Sempre le tue solite esagerazioni, – rispose bruscamente Rinaldi. – Ella non avrà parlato subito di tribunale; ti avrà consigliato, di cominciare prima con le buone, m'imagino.

– Sì, ma, Carlo! tu sai benissimo ch'io non ho diritto.... ch'io non ho nessun diritto!...

– E che ne sai tu? Te ne intendi tu forse? Capisci qualchecosa di leggi, tu? Io mi sono informato, invece, e sono sicuro che tuo padre non ti à dato tutto quello che ti veniva!

– Ma, Carlo! Tu ricordi bene quello che lui ci ha detto, quando ci siamo sposati...? Non un soldo di più ci dava; lo sai!

– Naturale... A lui conveniva dir così; perchè è un avaro. E io stesso non avrei mai chiesto niente, almeno finchè lui era vivo, se le cose non fossero andate così male. Ma lo vedi anche tu, – aggiunse, raddolcendo la voce, – lo vedi che vita mi tocca a fare... Ci sono dei debiti, e io lavoro dalla mattina a sera, perchè voglio pagarli, sono un onest'uomo! Tuo padre è ricco. È giusto che noi abbiamo a stentare? Bisogna ragionare, mia cara! Quelli che si lasciano governare solo dal sentimento sono sciocchi... e disgraziati! Io non domando che la giustizia, ecco. E nemmeno pretendo, tuo padre si sposti per noi. No. Ci ha dato tremila lire; ce ne dia altre tremila, e saranno sei. Io pagherò tutti i debiti; metteremo qualche centinaio di lire alla cassa di risparmio, ci riforniremo del necessario, che ci manca, ed eccoci di nuovo felici... infino alla morte di tuo padre non domanderemo più nulla.

Ella taceva, annichilita da quella logica e dal tono sicuro con cui egli parlava.

– Rispondi! – disse lui con voce stizzita; – nulla mi spiace di più che il carattere di quelli che rimuginano nel loro pensiero, senza mai parlar chiaro!

– Carlo mio! – disse ella con dolcezza, – ma io vorrei contentarti, certo.... Pure, io conosco papà; so che quando egli ha detto una cosa!...

– Ah! – disse Rinaldi, nascondendo la sua rabbia sotto un tono glaciale. – Ci sono anche i mezzi per costringerlo, e allora sarà peggio per lui.

Le tremila lire non basteranno, allora.

– Dio mio! – mormorò ella, spaventata da quella minaccia. Come devo fare?

– Io direi, – replicò egli più calmo, – che tu andassi su col bimbo, e gli chiedessi il denaro. Vedrai. Egli non vorrà negartelo.

– Chiederlo io! – balbettò Daniela, fatta pallidissima. – Ah, Carlo! no, no! non oserò mai! Egli mi caccerebbe!

– Ebbene, se non hai coraggio di andare a chiedere la roba tua, allora scrivigli!

– Sì, sì, scriverò, – disse lei, più sollevata. Ma le restò nel cuore un rammarico doloroso, che il suo sogno, di andare a Tuolo col suo piccino, di rinfrancarlo all'aria delle sue montagne, era svanito oramai. Oh, ella conosceva troppo bene pare Gioanni, e sapeva che mai, mai egli le avrebbe dato un soldo! specialmente, ora, che la padrona era la Rita! anche le restava un certo malcontento verso suo marito... non che ella non credesse ch'egli avesse ragione! Si sa; egli aveva sempre ragione; pure, le comandava di mettersi in urto col proprio padre... e ciò le era assai doloroso! Era come se volesse staccarla, per sempre, da casa sua, dal suo paese, dalla sua giovinezza; come se stesse per entrare nella via solitaria e fredda dell'esilio!

IX.

L'OMBRA È PIÙ OSCURA...

Daniela aveva scritto a suo padre. Una lunga lettera, timida, affettuosa, piena di tenerezze di umiltà. Ella non avrebbe voluto precisare la somma che domandava; suo marito ve la costrinse.

– Non capisci che, se non parli chiaro, tuo padre è capace di mandarci dieci lire? Sai bene come è fatto, lui!

Tremando ella aveva scritto la cifra, che le pareva enorme.

– Non ci vedo più, dal piangere, mentre ti scrivo, – diceva ella nella lettera, ed era la verità. E tutto il giorno, e anche i giorni seguenti, ella fu nervosa, triste, pronta alle lagrime.

La risposta si fece aspettare una settimana. Era una semplice cartolina da due soldi: che conteneva giusto giusto, nei grossi caratteri duri che ella ben conosceva, il freddo rifiuto.

– Credo che tu e tuo marito siate due pazzi. – diceva pare Gioanni. Non so come abbiate il coraggio di scrivermi certe cose. Non vi devo un soldo, e non avrete un soldo! E non scrivetemi altro, chè non rispondo.

– Ah, birbante! – balbettò Rinaldi, pallido d'ira.

– Carlo! per carità!....

– Birbante! Birbante – ripeteva Rinaldi fuori di sè.

Mai non si era lasciato così trasportare dalla collera! Daniela era atterrita; quell'uomo dal viso acceso, dagli occhi fiammeggianti, dalle labbra contratte, che lasciavano uscire voci rotte, parole volgari, non le pareva più il suo Carlo, che aveva sempre visto severo ma calmo e corretto; ora egli era come un estraneo che le faceva paura.

Ma, dopo avere fatto concitatamente due o tre giri per la stanza, Rinaldi si fermò ad un tratto, e il suo volto si ricompose nell'espressione abituale.

– Qui bisognerà provvedere, – disse con voce tranquilla, – ora gli scriverò io ancora una volta, a tuo padre; perchè non voglio mancare in nessuna maniera, e non voglio che mai nessuno abbia a rimproverarmi di non avere fatto il mio dovere, sempre! Anzi... se ora mi sono lasciato trasportare dall'ira a pronunciare parole contrarie al mio carattere... te ne domando scusa!...

Aspettò un momento, e leggendo nel viso commosso e confuso di lei l'impressione che riceveva da quella inaspettata magnanimità, aggiunse subito con molta degnazione:

– Basta... non parliamone più! Stabiliamo piuttosto, con ragionevolezza e calma, quello che ci rimane a fare! E poi facciamolo, senza esitazioni e senza debolezze.

Daniela aspettò con trepidanza ciò che seguisse a questo esordio solenne.

– Io scriverò a tuo padre. Gli esporrò in maniera pacata le nostre ragioni... Gli farò anche comprendere quali sono le conseguenze alle quali lo esporrebbe la sua ostinazione. Poi... noi non saremo più responsabili di ciò che vorrà accadere.

Se ne andò gravemente, senza aspettare altra risposta, lasciandola più che mai turbata, e piena di grande tristezza. Il pensiero che Carlo scriverebbe a suo padre, la riempiva di spavento. Ella sapeva certo che suo marito non avrebbe cercato la maniera meno irritante, oh, no! Era certa che dopo quella lettera la rottura sarebbe irreparabile.

Pure, che doveva, che poteva ella fare? Tentare di distogliere suo marito dal proposito? Sarebbe stato inutile! Egli faceva sempre ciò che aveva stabilito.

E... dopo tutto, a sentirlo parlare lui, non aveva forse ragione? Suo padre non aveva dato loro nessun conto! Certamente ella non pretendeva nulla, ma non poteva non pensare con una certa amarezza al bisogno in cui vivevano essi, e all'agiatezza della sua casa a Tuolo. Giusto ora Giorgetto aveva bisogno di un vestitino e di scarpe; e lei non aveva un cappello per l'estate! La bimba della Rita, sicuro, aveva tutto il necessario e anche il superfluo! Ripensandoci, la pungeva quel tono superbo e duro, con cui pare Gioanni le aveva risposto. Nemmeno il più piccolo riguardo per suo marito non aveva avuto! Così Daniela cominciava a comprendere e a sposare i rancori di lui; anche contro il proprio padre, poiché le era ormai impossibile non pensare e non sentire come l'uomo che la aveva foggiata a imagine sua!

Da Tuolo la risposta non si fece aspettare. Era questa volta una lettera, ma piena d'ingiurie rabbiose e di minacce. Pare Gioanni giurava che era l'ultima volta che scriveva a quei... cialtroni di sua figlia e di suo genero che erano ladri, che volevano mangiargli il suo, sanguisughe mai sazie di succhiargli il sangue. Rimproverava a Daniela tutti gli anni, in cui l'aveva mantenuta, *a far niente*; tutte le spese pel corredo e dello sposalizio, e le tremila lire in contanti, che egli specialmente rimpiangeva, essendo stato troppo buono, troppo generoso, mentre non doveva nulla a Daniela, perchè sua madre non aveva posseduto quasi nulla.

Affermava d'essere un pover'uomo, che aveva da pensare ad altri due figliuoli senza contare quelli che stavano per venire; e che saprebbe ben lui prendere le sue precauzioni perchè, nemmeno dopo morto lui, quei due vampiri, (s'intende il genero e la figlia) non avessero a mettere i loro artigli sulla parte che spettava agli altri figliuoli. Finiva con oscure e terribili previsioni di disgrazie che dovevano colpire gli ingrati, e con la irosa riflessione che per tanti anni egli si era scaldato una vipera (sua figlia!) in seno.

Daniela non potè trattenere le lagrime a quella lettura; Rinaldi invece, pallido e fremente, rideva con amarezza. Fece per parlare, poi si trattenne, evidentemente per non lasciarsi trascinare, come aveva fatto giorni prima, a parole eccessive e volgari. Uscì senza dir nulla, dunque, lasciando la moglie a piangere di dolore e di umiliazione.

I rimproveri di suo padre non potevano a meno di colpire Daniela, benchè ella fosse certa che suo marito aveva ragione. Ma suo padre, mio Dio! che ella aveva imparato per tanti anni a temere, ad amare anche, benchè le fosse sempre stato burbero e freddo. E sua madre, se fosse vissuta, come l'avrebbe rimproverata di mancare così di rispetto a colui che Dio e la natura le imponevano di venerare! Forse ne soffriva anche adesso nel mondo di là e quel dolore le impediva di essere pienamente beata. Era questo per Daniela un pensiero insopportabile. Le tornavano anche a mente le dottrine imparate in chiesa e a scuola, da bambina; una scienza così semplice e pur così solenne, che minaccia sventura ai figliuoli incorsi nell'ira paterna. E suo padre imprecava contro di lei! le augurava del male! Un brivido di terrore la prendeva al pensiero di questo oscuro pericolo.

E se il suo bimbo... Dio mio! dovesse per lui pagare la pena dei falli materni? Giorgetto! Dove era Giorgetto?...

Il piccino era seduto sopra una panca nel vano della finestra, e là s'era addormentato, nel tempo che sua madre, assorta nei suoi tristi pensieri, lo aveva dimenticato. Dormiva con la testina penzoloni, tenendo ancora fra le braccia un fantoccio di cenci, che Daniela gli aveva fatto.

Ed era così commovente quel bimbo addormentato sulla panchettina, triste e solo, col viso palliduccio, magro, solcato dalle ombre del sonno che Daniela, rinnovando il pianto, lo prese fra le braccia, se lo fece sedere in grembo, chiamandolo con dolci, teneri nomi piena d'infinita pietà.

Povero Giorgetto! Aveva le scarpettine sdrucite, il vestitino era stato tagliato da Daniela, in un suo vecchio grembiule; nulla aveva in dosso di quelle robine civettuole che le madri comprano così volentieri poi loro angioletti. Daniela non osava mai distogliere dal magro bilancio giornaliero nemmeno una piccola somma per una di quelle spese che suo marito chiamava superflue; un pizzo, un nastrino, un paio di calzettine azzurre, un berettino nuovo erano lusso inutile, secondo Rinaldi; e in fatti non aveva egli ragione se ciò che guadagnava con tanto stento bastava appena al necessario, e ogni mese si dovevano togliere più di cinquanta lire per pagare quei debiti, di cui Daniela non conosceva nemmeno l'entità?

Neppure un giocattolo non aveva Giorgetto! Egli si era abituato a giocare da solo, seduto sulla sua panchettina, con qualche vecchia scatola, con un turacciolo da bottiglia, coi fantocci che gli fabbricava sua madre; ed era un bimbo silenzioso e quieto, con occhi neri un pò tristi, che Daniela non poteva guardare, senza sentirsi una stretta al cuore. L'aspetto del suo bambino, che si era tutto rannicchiato tra le braccia materne, come se avesse freddo, fece tacere in Daniela ogni rimorso, e le riempì l'animo di rancore.. Ah, la bimba della Rita certo aveva dei balocchi, certo aveva vestitini belli, e mangiava a sazietà, ed era accarezzata e viziata! Al suo Giorgetto mancava tutto tutto, ed era peggio di un bimbo di poveri operai!

Ella aspettò con impazienza che suo marito tornasse da scuola, e fu la prima a interrogarlo:

– Ebbene?

Egli depose cappello e bastone, si tolse la giacca che portava per fuori, (una povera giacca ben lustra!) e infilò quella di tela rossiccia, che teneva in casa. Ogni suo movimento era misurato, quasi solenne. E Daniela sentiva che, a momenti, avrebbe parlato, e sarebbero state cose gravi. Ella cominciò a sentirsi un leggero brivido sotto la pelle.

– Daniela, – disse egli infine prendendo una sedia, e additandone una a lei, che obbedì subito al cenno, – bisogna che io ti parli seriamente. Si tratta del tuo avvenire, e di quello di nostro figlio. Come vedi, non parlo per me.

Ora ella tremava, tanto quell'esordio le incuteva venerazione e timore.

– Sei convinta, rispondi con franchezza e senza paura! sei convinta che tuo padre ci usa dei gravi torti? – continuò lui con la stessa voce calma e grave.

....– Sì – ....balbettò Daniela. Come poteva non esserne convinta, in quel momento?

– Sta bene. E sei convinta che quello che voglio fare, è solo nell'interesse tuo e di nostro figlio, al cui interesse io ho il dovere di pensare?

– Ma certo, Carlo!

– Aspetta. Tu sai che la legge mi fa tuo tutore, tutore legittimo degli interessi tuoi e di mio figlio... Ora io non posso lasciar calpestare questi interessi! Sarei un colpevole se lo facessi!

– Ma sì, Carlo! – balbettava lei, comprendendo appena.

– Aspetta. Sei convinta che io, che la mia persona qui non c'entra che di riflesso? Mi credi tu un uomo venale?

– Oh Carlo!

– Credi tu ch'io mi lasci guidare dall'amore del denaro? Ch'io sia avido delle ricchezze di tuo padre? Lo credi?

– Per carità, Carlo!

– Non lo credi, sta bene. Se lo credessi, mi faresti un gran torto. Se io fossi solo, vivrei.... vivrei comodamente col mio stipendio... Ma ci sei te, ci siete voi due! Non mi lagno del peso che è sulle mie spalle! Non me ne lagno; benchè sia grave; solo mi addolora e mi umilia il pensiero che voi due avete a sopportare privazioni e sacrifizi! Si, questo mi umilia!

– Carlo mio!

– Perchè, quando io ti ho sposato sapevo di prendere una ragazza che poteva portare un contributo alle spese domestiche. Non che io ti abbia sposata perchè eri ricca o perchè ti credevo ricca, no. Ma io intendo che il matrimonio debba essere un atto seriamente pensato, non un atto inconsiderato; e se avessi saputo che tu nulla portavi, io ti avrei pregata di aspettarmi ancora qualche anno, finchè io non avessi guadagnato abbastanza da mantenere una famiglia! Mi capisci?

– Sì... sì... – diceva lei con voce tremante, e non sapeva che strano senso d'amarezza, d'angoscia provava, mentre egli la stringeva nella tela delle sue argomentazioni...

– Dunque, vengo alla conclusione, – continuò lui, implacato. – Se tuo padre non avesse ripreso moglie, io avrei ancora aspettato tranquillamente sino alla sua morte... Benchè tuo padre abbia l'aria di vivere ancora cent'anni! Ma io non gli auguro la morte, ne viva pur mille! E intanto, per sopperire alle spese di questi anni in cui il mio stipendio è ancora scarso, avrei fatto un debito. Sì l'avrei fatto.

Lo stesso banchiere Levi, al quale devo già, come sai... (ella si scosse, poichè non ne sapeva nulla) «come sai» ribattè lui marcatamente, qualche centinaio di lire, mi avrebbe prestato una somma, e io avrei fatto un'assicurazione, sulla vita e l'avrei pagato il giorno... il giorno in cui tuo padre ti avesse lasciato ciò che ti viene. Ma così! tu comprendi. Egli ha una moglie furba, che lo mena per il naso, e gli fa fare tutto ciò che vuole lei. C'è già una bimba, ne verranno degli altri, e se non provvediamo per tempo tutto ciò che dovrebbe essere tuo e di tuo figlio andrà in favore degli altri. È chiaro?

– Sicuro, – disse Daniela convinta.

– Ebbene. Io ho parlato con un avvocato; uomo di polso, che se ne intende, ed è disposto ad aiutarmi. Egli dice che io ho ragione e che la causa si può fare.

– La causa?

– Sì, la causa. Oramai non ci resta altra via. Tu verrai con me dall'avvocato, gli firmerai una procura, e lui penserà a tutto. Siamo intesi? –

Daniela assentì col capo, benchè quel fatto prossimo, immediato, quel processo contro suo padre la riempisse nuovamente di terrore.

Carlo volle che ella, andasse con lui la stessa sera dall'avvocato. Ella obbedì, lasciando il bimbo addormentato in custodia alla Savoiarda. L'avvocato Merli, un ometto mellifluo, grigio, con una barbetta molle e occhi fulgenti, accolse con grande gentilezza i suoi due clienti, ma non spese molte parole con essi; si vedeva chiaramente che lui e il Rinaldi erano già d'accordo; ora non mancava altro che il consenso e la firma di Daniela. Ella diede l'uno e l'altra, senza osare di ribattere una parola; quell'ometto grigio, dalla parola breve e sicura, le incuteva una gran soggezione; e quella stanza tutta tappezzata di libracci e di carte, col grande tavolo in mezzo, illuminato da una lampada velata di verde, le parve proprio il santuario della giustizia e della legge. Ella aveva ragione, senza dubbio, poichè l'avvocato lo diceva; e suo padre aveva torto... il che non la impedì di tremare forte, quando mise la sua firma sopra un gran foglio, che l'avvocato le stendeva dinanzi.

– È fatto, – disse Rinaldi. E quella parola le parve ad un tratto terribile. Un sudore freddo le bagnò la fronte, ella levò lo sguardo, smarrito, implorante, cercando quello di suo marito. Ma egli aveva l'aria soddisfatta e tranquilla.

– Andiamo, – le disse allegramente.

Da quel giorno ella visse come in un profondo stupore.

A casa sua passarono e ripassarono messi del tribunale, uscieri e giovani d'avvocato. Non domandavano di lei, ma di suo marito, ed ella non sapeva quasi mai cosa volessero, solo si imaginava che cercassero denaro, più che altro, e denaro, a casa, ce ne era sempre meno. L'estate si inoltrava, e quasi tutte le lezioni erano cessate. Rinaldi ne cercava sempre e si adattava a farne qua e là a poco prezzo; non era proprio il lavoro che egli schivasse, oh no! bisogna rendergli questa giustizia. Ma trovava poco da fare; tutti erano lontani da Torino, genitori e allievi, ed egli si era oramai ridotto a quel poco stipendio, crudelmente falcidiato dalle ritenute. E il debito con il Levi, e con altri, non cessavano mai, benchè ogni mese si pagassero grosse somme. Daniela non osava domandare, ma comprendeva che gli interessi divoravano le loro piccole rendite, e che Carlo, stretto sempre da nuovi imbarazzi, rinnovava e aumentava il debito primitivo.

Da Tuolo poi, direttamente, più nessuna notizia. Oramai le due parti non corrispondevano che per mezzo di avvocati. Il Merli aveva continuato a dare ottime speranze, ma aveva pur dichiarato di non potere andare innanzi senza spese, e le spese, proprio, lui non ce le voleva fare. Dunque, nuovi sacrifizi erano necessari, e Rinaldi li fece volentieri. Una sommetta, che era stata in principio destinata a passare quindici giorni in campagna, per far respirare aria migliore a Giorgetto, fu ingoiata dall'avvocato Merli. Di campagna non si parlò più. E Giorgetto, e anche Daniela si facevano sempre più pallidi. Un po' alla volta si erano abituati a fare a meno delle cose più semplici. Per esempio, di frutta non ne compariva più alla tavola, in casa Rinaldi, e si poteva dire che nemmeno le ciliege Giorgetto non le aveva mangiate. Il bimbo forse non ne soffriva: egli c'era avvezzo a quelle privazioni; forse non si ricordava affatto del sapore che potevano avere le ciliege! ma Daniela, che ripensava ai buoni odori, ai buoni sapori, alle vivaci tinte dei frutti delle sue montagne, aveva certe volte invincibili nostalgie, desideri malinconici e morbosi di mettere i denti nelle polpe di un bel frutto fresco e succoso, di sentire scorrere il liquido profumato sulle sue labbra, nella sua bocca bramosa.

Un pomeriggio d'estate, mentre Rinaldo era fuori, ella comprò quattro soldi di pere, dalla fruttaiola; di quelle piccole pere tenere e insipide, che sembrano piene di acqua dolciastra. E lei e Giorgetto le mangiarono, con un gusto, con una avidità, con un'allegria, che non si sarebbe capito chi fosse dei due più bambino!

Ora che Giorgetto camminava, e cominciava a parlare, le era più gradito condurlo ai giardini, dove anche lui giocava con altri bimbi, poveri quasi tutti; i ricchi erano in campagna. Anche le vicine di casa erano già andate *in villa*, e tutto l'edifizio era solitario e silenzioso. Ella sedeva volentieri sul balcone, mentre il suo figliuoletto giocava vicino a lei, ed ella leggeva un vecchio romanzo che aveva *affittato* dalla giornalaia di Via Barbaroux, che andava ancora a trovare. E poi più tardi usciva, e si rimetteva a sedere con lo stesso romanzo, sopra una panca del Valentino, all'ombra, e i giochi dei bimbi la distraevano ogni tanto dalla sua lettura. Allora levava gli occhi, a guardare le verdi colline, il Po scintillante, il cielo azzurro... ma all'improvviso il suo cuore si gonfiava di amarezza, di tenerezza, di desiderio.. Ella ripensava alle sue belle montagne, al suo paese, lassù... e una lagrima cadeva sulle logore pagine, dove ella tornava a fissare lo sguardo.

Verso sera Rinaldi le veniva quasi sempre incontro, e insieme tornavano a casa. Egli parlava poco, e quasi sempre con voce irritata, o un po' triste. Daniela osservava con dolore che egli era pallido e magro, che grosse rughe gli solcavano la fronte, che i capelli sulle tempie cominciavano a luccicare d'argento. Osservava anche il suo vestito logoro, per quanto ella si sforzasse di mantenerlo pulito e intatto; ma era quello stesso che aveva già portato tutto l'inverno! Ora doveva essere insopportabilmente caldo e pesante. Anche il cappello a cencio era oramai sdrucito, nè Carlo pensava di comperarsene uno! E Daniela allora non osava più rammaricarsi di avere lei stessa un vestituccio di lana nera, una cappellino giù di moda, mentre nelle vetrine dei negozi vi erano tante belle paglie guernite di fiori, tante stoffe leggiere, a buon mercato, che dovevano star così bene in quella stagione!

Povero Carlo! Egli lavorava troppo, e non aveva nessuna distrazione. Quelle vacanze erano ben dure per lui costretto a dare ripetizioni quà e là, a poco prezzo, da mattina a sera... Anche lui avrebbe avuto bisogno di campagna! Ma non c'era da pensarsi! Ella non osava quasi parlargli, vedendo il suo viso accigliato e pallido, e preferiva quasi che anche lui tacesse, piuttosto che udire quella voce severa e stizzosa.

Specialmente Rinaldi se la prendeva con Giorgetto, perchè il bambino aveva bisogno naturalmente delle sue ammonizioni. Ora il piccino era stanco, e voleva essere portato in braccio dalla mamma, ma il babbo lo proibiva assolutamente:

– I bambini non vanno educati così mollemente! Sa o non sa camminare ora, Giorgetto? Se sa camminare, adoperi le sue proprie gambe! Così diventerà forte, così acquisterà salute, e, specialmente, carattere!

Il piccino allora, trascinato per mano dalla mamma, piagnucolava per tutta la strada, e Carlo brontolava e Daniela non osava prendere suo figlio in braccio, come faceva quando erano, lui e lei.

Anche a casa continuavano le prediche e le correzioni. Il bambino era troppo taciturno, un vero *sornione*, diceva suo padre. Mostrava di avere paura di lui! Non era abbastanza affettuoso! Una natura fredda, diffidente... La povera Daniela tentava di difendere il suo piccino! Con lei egli era così tenero e affettuoso!...

– Già, perchè gli dai tutti i vizi, – ribatteva amaramente Carlo.

Già su quel punto dell'educazione di Giorgetto, Daniela, pur riconoscendo che suo marito aveva ragione, non poteva mettere d'accordo il suo cuore.

Rinaldi tirava in campo la sua pedagogia, citava Rousseau, Locke, e molti difficili nomi tedeschi. Ella chinava il capo, confusa della propria ignoranza, ma le sue braccia si aprivano a raccogliere il bambino, piangente per una severa ammonizione del padre!

– Tu non sai educarlo! tu lo guasti! – diceva adirato il marito, – tu sciupi l'opera mia!

Ella taceva, umilmente, ma continuava a tenere stretto al suo cuore palpitante il cuoricino del bimbo, che batteva spaurito, come quello d'un uccellino insidiato.

Pure ella era certa che Carlo amava il suo figliuoletto, e che egli agiva a fin di bene; le sue massime erano giuste, ragionevoli; era lei che non sapeva nulla, nemmeno fare la mamma! era lei che aveva torto! Ah, se ella avesse posseduto l'energia e la scienza della signorina Berrini, per esempio!

A proposito, anche le Berrini erano in campagna, avevano preso in affitto una villetta vicino a Rivoli, e Rinaldi andava la domenica a trovarle. Era l'unica distrazione che avesse, e Daniela era ben contenta, per lui. La prima volta egli aveva voluto condursi insieme anche sua moglie e il bimbo. Ma per tre la spesa del tramvay era troppo forte. Poi, nè Daniela nè Giorgetto avevano abiti convenienti, e Daniela se ne vergognava con le Berrini, che la guardavano con aria compassionevole. Infine c'era un po' di freddezza fra lei e quelle signore, perchè Daniela aveva capito che sobillavano l'animo di Rinaldi contro suo padre; e poi, in tante cose non avevano le stesse idee; Daniela insomma le ammirava, ma non si sentiva di amarle! E Rinaldi la rimproverava, con ragione, quella antipatia ingiustificata. Del resto, durante tutto il giorno passato nella loro villa, Daniela si era sempre sentita a disagio, Giorgetto aveva piagnucolato sempre, con grande noia di tutti.

– È un bambino insopportabile! – aveva detto la sera il Rinaldi, – non si può portarlo con noi! – E quindi, la domenica dopo, che Daniela aveva dichiarato con dolcezza, ma fermamente, che ella sarebbe stata a casa col bimbo, Rinaldi non insistette punto, e partì solo.

Daniela aveva approfittato della sua solitudine per fare una cosa alla quale pensava da molto tempo, senza osare di metterla ad effetto, perchè era certa che suo marito non l'avrebbe approvata. Ella scrisse a don Manueli, il suo buon prete di Tuolo, nel quale ella aveva tanta fiducia, e che tante volte l'aveva consigliata, quando era giovinetta o andava a confidarsi con lui.... Ella aveva bisogno d'uno sfogo, d'un conforto, d'un aiuto, e a chi doveva ricorrere, poichè non aveva più amici, più nessuno a cui sfogare il suo cuore?

Gli scrisse una lettera lunga, confidandogli le sue pene; il dolore e il rimorso che spesso la tormentavano per essere in guerra col padre; le malinconie del presente; le incertezze dell'avvenire; e lo pregò di darle qualche notizia di casa sua, e, se gli fosse possibile, di intromettersi perchè suo padre cedesse in qualche maniera, e si rinconciliasse con lei e con suo marito.

– Almeno, – scriveva, – almeno egli sappia che io ubbidisco a mio marito, perchè è il mio dovere, ma che il mio cuore sanguina di fare atto che offenda mio padre!

Quando ebbe scritta e spedita la lettera, Daniela pensò subito che la risposta sarebbe forse caduta nelle mani di suo marito, ed egli avrebbe allora saputo il passo da lei fatto... Ebbe un istante d'esitazione, ma poi subito disse tra sè:

– Ebbene! se la lettera cadrà nelle mani di Carlo, io gli dirò tutto sinceramente; non faccio nulla di male.... Troppo le sarebbe ripugnato ricorrere a sotterfugi, per nascondere i suoi atti al marito, che ella amava tanto, e di cui voleva meritare la stima.

I giorni che trascorsero prima di ricevere la risposta di don Manueli, Daniela fu agitata da vari e opposti sentimenti: Un tenero affollarsi di ricordi, rievocati insieme con la figura del buon prete; la sua chiesa, la sua infanzia, le dolci funzioni religiose, le feste solenni; aspettate con così lieta impazienza. Ah, la piccola chiesa di Tuolo, che le pareva così bella nella sua rusticità, più bella assai delle splendide e fredde chiese di Torino! Non aveva mai più pregato con tanta devozione, mai, da quando ne era partita! Ah, le care funzioni, alla messa e a vespro, quando la chiesetta si riempiva di donne e di fanciulle col capo coperto dal velo candido di bucato, e don Balsamo e don Manueli officiavano sull'altare splendente di lumi, le campane suonavano a distesa, e sin fuori sulla piazza giungeva il profumo dell'incenso!

Oh giorni per sempre passati! oh memorie, oh memorie! Si mostrava così malinconica e inquieta, che persino suo marito se ne accorse, ma poichè gli pareva forse di venir meno alla sua dignità, lasciando intravedere una qualche curiosità, si contentò di guardarla con diffidenza, senza dir nulla. Una mattina, rientrando per colazione, le portò la lettera aspettata, e gliela consegnò, chiusa, con un fare calmo e indifferente, Daniela arrossì forte.

– Ah, leggi, leggi! – disse, respingendo la lettera, – non ti ho mai raccontato, ma adesso ti dirò...

– Ti pare? – disse lui, gelido. – Sei padrona di fare ciò che vuoi. Non sei mica la mia schiava!

Tuttavia, dopo molte preghiere e scuse di Daniela, acconsentì di leggere la lettera di don Manueli.

Il buon prete scriveva quattro pagine fitte, piene di vera carità cristiana, di prudenti consigli, di delicate ammonizioni. Egli disapprovava francamente la posizione ostile, irrispettosa, che i Rinaldi avevano preso di fronte a pare Gioanni conosceva troppo bene il vecchio, lo sapeva ostinato più ancora che avaro; ed era certo che nulla avrebbero ottenuto, urtandolo così di fronte, come avevano fatto. Tuttavia egli aveva accettato la missione di cui lo aveva incaricato Daniela, ed era andato da pare Gioanni, aveva fatto appello a tutti i suoi buoni sentimenti, aveva tentato di parlare al suo cuore.. Il vecchio era stato irremovibile.

– Non vi resta altro, mia povera figliuola, che indurre vostro marito a fare atto di completa sommessione; e poi aspettare. Solo in questa maniera c'è speranza che io possa indurlo, col tempo, a propositi più generosi! –

Cosa diceva in fine la lettera, che a Daniela parve assai buona e sensata.

– È un gesuita, quel prete! – gridò invece Rinaldi, – non vedi che è d'accordo con tuo padre? Non capisci? Eh, io lo vedo chiaro il suo giuoco! Tuo padre lo ha incaricato di scriverti così, perchè ha paura.

L'avvocato me lo disse ancora ieri: Siamo nella ragione! abbiamo la legge per noi! vinceremo!

– Ma... – obbiettò timidamente Daniela sono già parecchi mesi che dice così, e finora non abbiamo ottenuto nulla...

– Già, – rispose Rinaldi, con ironica compassione, – basta essere donna! Tutte compagne! I preti sanno bene quel che fanno, quando si rivolgono a voi.

Non sbagliano, no!

E così brontolando si alzò da tavola e uscì di casa, lasciandola assai triste e indecisa. Pure, quando, due giorni dopo, Daniela gli chiese il permesso di rispondere a don Manneli, egli non disse di no; e si contentò di scrollare le spalle.

E così cominciò tra Daniela e il buon prete una corrispondenza, che fu forse l'unico conforto di quel periodo angoscioso della sua vita.

X.

TRISTE RITORNO.

In una malinconica sera di novembre, mentre già il primo nevischio cadeva sulla vallata, tra il soffiare gelido del vento, da una carrozza di terza classe dell'omnibus proveniente da Torino scese una donna alla stazione di Tuolo. Nessun altro viaggiatore vi si fermò, e la donna restò un momento tutta sola nella piccola stazione deserta, scarsamente illuminata dalle tremule fiammelle del gas; ella si guardò intorno come smarrita; poi si volse a passi lenti e stanchi verso l'uscita, consegnò il biglietto all'impiegato, e si avviò per la strada, tutta in ripida salita, che mena all'alpestre paesello, di cui ella vedeva nella semioscurità del crepuscolo biancheggiare qualche muro e il campanile della chiesa.

Una commozione improvvisa fece tremare nella sua mano un grosso ombrello, col quale ella tentava di ripararsi dal vento; anche a quella distanza, anche fra le tenebre, Daniela riconosceva le case del suo villaggio, dopo tanti anni di assenza. Ma chi avrebbe riconosciuta lei, vedendo quel viso sparuto, pallido, invecchiato, sotto il misero cappellino e la veletta nera che la coprivano?

Oh povera Daniela! Come era doloroso per lei questo ritorno! Otto anni erano oramai passati, dacchè, in una dolce giornata d'estate, ella era discesa per quella stessa china, verso la stazione, accompagnata dal suo sposo e da tutti i parenti e gli amici; gioconda compagnia! E lei, come era allora felice! Con quali liete speranze moveva verso l'avvenire! Chi gliel'avrebbe detto che sarebbe tornata sola, povera, umile come una supplicante, a quella casa che era stata la sua, dove ella era nata, dove vivevano suo padre e suo fratello, dove sua madre era morta?

Facendo a stento la dolorosa e lunga salita, Daniela riandava nella sua mente la triste storia di quegli ultimi anni. Quella malaugurata lite con suo padre durava da quattro anni, oramai, e aveva fatto consumare loro una spaventosa quantità di denaro. La causa s'era fatta e rifatta varie volte; e sempre senza un risultato definitivo. Pare Gioanni, ostinato più che mai, aveva giurato di vendere fin l'ultimo palmo di terra, per sostenere il processo, piuttosto di cedere e di dare non fosse che dieci lire a *quell'ingrata* di sua figlia; ed era uomo capace di mantenere la sua parola. Egli aveva più denaro, era dunque indubbiamente il più forte, come diceva anche al Rinaldi l'avvocato Merli: «Questa guerra non si può fare con altre munizioni.. soldi, soldi ci vogliono!» E di soldi il povero maestro gliene aveva dati, fin troppi! al punto che aveva dovuto fare altri debiti ancora, e poi rinnovarli alla scadenza, perchè non si erano potuti pagare.

Così tutto era andato di male in peggio, e le condizioni della famigliuola erano diventate veramente miserabili. Daniela, pur rammaricandosi di quella infausta lite, non poteva non riconoscere che suo marito aveva ragione, che suo padre si era mostrato di una insopportabile durezza, che essi erano infelici per causa sua. Perciò non aveva osato insistere perchè Carlo abbandonasse quel processo, che minacciava di ridurli completamente sul lastrico; del resto, a qualche sommessa rimostranza di lei, egli aveva risposto che oramai le cose erano andate troppo innanzi, che se si fossero ritirati ora avrebbero dato causa vinta, per sempre, al vecchio avaro, il quale avrebbe trovato modo di non lasciar loro un soldo, nemmeno alla sua morte; che erano ingolfati nei debiti e nella miseria, e che mai, anche coi maggiori sacrifizi, non avrebbero potuto uscire da quell'abisso; che era dunque necessario lottare, o affogare. Ella avea chinato il capo a quelle ragioni, stretta nella loro terribile logica. Difatti, come uscire da quella situazione, come?

E così erano passati quattro anni. La meschina ristrettezza d'un tempo era divenuta vera miseria. La famigliuola aveva trasportato il suo domicilio in un quartierino ancora più modesto, in fondo a un triste cortile di via Berthollet. Si erano anche disfatti delle cose che potevano parere superflue, in quella miserabile condizione; mobili, arredi, servizi di caffè, posate, piatti, biancheria.. (oh, la bella e buona tela preparata per lei da sua madre!); i rari gioielli, fin l'orologio di lui, tutto aveva preso la triste via del Monte di Pietà o del rigattiere. E ciò non bastava per non avere freddo, l'inverno, per coprirsi decentemente, per mangiare a sufficienza! Il povero Giorgetto, che era sempre stato così delicato, e veniva su con le due gambette ad arco, col viso magro e il collo pieno di glandole, avrebbe avuto tanto bisogno di campagna, di medicine ricostituenti, di buoni cibi.. Ma tutto era così caro! e sua madre lo vedeva così triste e smorto, e il suo cuore piangeva lagrime di sangue! Si era messa a lavorare anche lei; aveva cercato, e per mezzo delle Berrini aveva trovato, da copiare manoscritti per un notaio e per una letterata. Ma quel lavoro le costava una assidua fatica, le consumava la vista e le era pagato assai poco, povera Daniela!

Come era triste quella sua casa umida e oscura, appena provvista dei mobili necessari, senza nessuna eleganza! Ella si vergognava, quando qualcuno veniva a vederla. E difatti i pochi conoscenti tralasciarono, a uno, a uno, di farle visita, scacciati da quella tristezza; persino le Berrini si allontanarono a poco a poco, e quando la incontravano per la strada, vestita poveramente dei cenci che ella stessa raffazzonava di anno in anno rispondevano con un saluto freddo freddo al suo, vergognoso e impacciato.

Era diventata così selvatica che preferiva non vedere nessuno, e se non fosse stata la necessità di far fare due passi a Giorgetto non sarebbe mai uscita. L'unica persona che ancora vedesse con piacere era madama Bourgeois, la savoiarda, la quale continuava a passare da lei tutti i giorni, benchè la povera Daniela non potesse più darle niente per i servizi che la buona donna si ostinava a farle. Anzi era questa che, senza aver l'aria, portava di tanto in tanto qualche cosa nella misera casa. Specialmente a Giorgetto ora erano due ciliege, ora una mela, ora un cavalluccio da due soldi, o una caramella; e tante volte gli aveva fatto rattoppare le scarpette da un ciabattino del suo cortile, e aveva detto che quegli non aveva voluto nulla, perchè aveva messo quei due punti in più di qualche altro lavoro fatto per lei!

Unico conforto nella sua miseria erano per Daniela le lettere di don Manueli, che venivano regolarmente ogni quindici giorni. E ogni lettera portava pure dentro un francobollo per la risposta, come se il buon prete avesse indovinato che anche quella spesa sarebbe un sacrifizio per la povera donna. Quelle lettere erano un balsamo per il suo cuore; le parlavano di pazienza, di rassegnazione, e le aprivano pure qualche lume di speranza. Anche il cuore di Faraone era indurito, eppure Dio riuscì a spetrarlo, le diceva. Un giorno o l'altro anche pare Gioanni si sarebbe piegato, specialmente se avesse visto un po' di condiscendenza dei suoi figliuoli. Lui, don Manueli, non cessava di parlargli, tentando di commuoverlo, e sarebbe certo riuscito, se Rinaldi avesse voluto essere il primo a cedere... Ah, su questo punto Rinaldi era intrattabile, ed ella non osava nemmeno più parlargliene! Si sfogava aprendo, il suo cuore all'antico confessore, il quale vi leggeva dentro assai meglio di ciò che facesse ella stessa, e aveva una grande pietà di lei!

Sul finire del sesto anno del suo matrimonio Daniela ebbe ancora un bimbo. Fu un avvenimento che la riempì di tristezza e di terrore, e anche Carlo accolse brontolando il nuovo piccolo essere, che veniva ad accrescere gli imbarazzi della famigliuola. Difatti furono brutti momenti. La povera Daniela non aveva nemmeno tutti i giorni un po' di brodo; era debolissima e già aveva avuto qualche minaccia di febbre; il battesimo del piccolo Guglielmo fu assai malinconico! E Daniela, che appena poteva reggersi in piedi, pur si era dovuta mettere a dare il latte alla creaturina, ed era stata felice che la signora Berrini le avesse fatto dono di un biberon, che l'avrebbe aiutata a non lasciar morire di fame il suo povero piccino. Ma Daniela vedeva con immenso spavento avvicinarsi precoce l'inverno, con una minaccia di gelide pioggie, di folata di nevischio, che parevano penetrare per le fessure della sua povera casa, empirla di umidità fredda e tetra! Come avrebbe riscaldato i suoi piccini, se già Giorgetto tossiva che era una pietà a sentirlo, e l'altro piagnucolava da mattina a sera nelle sue scarse fasce? Fu così che un giorno, (non erano che due settimane dacchè era nato Guglielmo) ella prese il suo coraggio a due mani, e disse a suo marito:

– Lasciami andare da mio padre! Possibile che egli non si muova a compassione? Vuoi che lasciamo morire i nostri piccini? –

Rinaldi si era stretto nelle spalle.

– Ti ho mai impedito di fare la tua volontà? – le disse – Ti ho mai proibito di regolarti con tuo padre come ti pareva meglio? Va' pure, parlagli. Ma naturalmente parlagli per te; non per me! Tu sei sua figlia fa quel che tu credi. –

In fondo pareva a Daniela che egli pur fosse contento di quella sua decisione, e che nutrisse anche lui qualche speranza.

– Ma... – fece egli con qualche esitazione, – tu non stai bene; sei debole, malandata.... come vuoi arrischiarti a fare il viaggio? –

Ella fu intenerita fino alle lagrime di quella delicata premura.

– Dio mi darà forza, Carlo! Vedrai, tutto andrà bene! – disse.

Volle partire col treno del pomeriggio. Le rincresceva arrivare al paese di pieno giorno, chè tutti avrebbero potuto vedere come era patita invecchiata e malvestita. La notte l'avrebbe passata in casa di suo padre.. oh certo! non avrebbero mica voluto metterla nel mezzo della strada! Non erano mica bestie feroci! E la mattina dopo sarebbe ritornata a Torino, sicuramente con un po' di denaro, e anche, sperava, con qualche buona promessa. A ogni modo scrisse a don Manueli, per dirgli della sua decisione: lui avrebbe la lettera quando ella fosse già a Tuolo, e, avvisato, sarebbe subito, a un bisogno, venuto in suo soccorso.

Così era partita, con in tasca appena i pochi soldi del viaggio d'andata; e a casa aveva lasciato madama Bourgeois, a guardare i bimbi fino al suo ritorno... Era partita quasi allegra, eccitata dalla speranza, palpitante al pensiero di rivedere i suoi, e il suo paese.. Anche Carlo l'aveva abbracciata alla stazione con maggiore tenerezza del solito; le era parso persino di vedere brillare una lagrima dietro i suoi occhiali! E quella prova di affetto le aveva dato un ardore, meraviglioso! Ma quando poi si era ritrovata sola, in quel treno pieno di gente sconosciuta, e poi in quella stazione deserta, e su quella strada solitaria, sotto al freddo nevischio che la sferzava, un grande sconforto le aveva agghiacciato il cuore.

Ella incominciò a rappresentarsi con terrore, il suo incontro col padre corrucciato; il suo cervello indebolito andò popolandosi di fantasmi paurosi. Temeva anche che le forze non le reggessero a portarla sin lassù; si sentiva tremare le gambe, vacillare la testa, ronzare le orecchie.

– Dio mio, Dio mio, aiutami tu! – mormorava piena d'angoscia.

Le sue scarpe sdrucite erano piene d'acqua; i suoi piedi erano dolenti e intirizziti. Ah, un po' di tepore, un po' di riposo, un brodo per ristorarla! Se fosse caduta là, se fosse morta? E i suoi due piccini, Madonna santa? Appunto passava davanti a un piccolo tabernacolo, dove ora una figura di madonna, tutta sbiadita dietro una grata... Ella la riconobbe tosto, e si fermò un momento a implorarla.

– Aiutami a giungere fino a casa! Fammi commuovere il cuore di mio padre! Abbi pietà dei miei bambini, o madre addolorata!

Arrivò finalmente sulla piazzetta di Tuolo; era deserta a quell'ora e con quel tempaccio; tutti erano a cena, al calduccio, o nella stalla, già raccolta per la veglia... Ella affrettò il passo. Ecco lì la farmacia di Bigotti, ancora illuminata; ecco la casuccia di Stenlin.... chi sa se era sempre quel buffone di una volta!... ecco la scuola laggiù.... il maestro Busio e la signora Carotti si saranno poi decisi a sposarsi? e sorrise, a quello e ad altri ricordi.

Non era tutto come allora? Forse questi anni passati non erano che un sogno doloroso, ed ella era sempre la piccola Daniela, che si era attardata, chi sa perchè! fuori a quell'ora, e stava per rientrare a casa sua dove papà e mamma l'avrebbero un poco sgridata.... Si sa; non avevano forse ragione? Perchè era stata via tanto tempo?

Eccola, la sua casa; v'è lume; certo son tutti nella stanza comune, dove Rita ha già preparato il desinare... La figliuola attardata picchia alla porta... e aspetta, e trema... Dio mio, Dio mio! che accadrà ora?

Un rumore di passi, uno stridere della serratura... La luce d'una lampada le cade sul viso; ella vede davanti a sè una faccia ben nota; e Trumlin, il vecchio Trumlin della sua infanzia!...

– Misericordia! Daniela! – balbettò il pover'uomo, e lasciò quasi cadere la lampada.

– Son io, Trumlin, son io, – risponde lei, e sorride fra le lagrime. – E papà?

– Pare Gioanni! pare Gioanni! Venite a vedere! – grida Trumlin, e corre via, con la sua lampada, e Daniela gli vien dietro, entra nella stanza che ella conosce così bene.... La tavola è preparata, i piatti fumano, il vino brilla nei bicchieri; tre bimbi sono seduti intorno, e guardano stupiti la sconosciuta... Una donna, florida, ben vestita, s'è voltata anche lei, e guarda estatica la nuova venuta... Questa è già corsa incontro a suo padre, a suo padre, che si è alzato, e la guarda cupo e minaccioso.

– Papa, papà mio!...

– Che vuoi quà dentro, tu?

– Papà! Sono venuta a domandarti perdono! Morivo di malinconia pensando che tu eri in collera con me! Papà, ho sofferto tanto! Sono malata, lo vedi e ho due bambini anch'io! E non hanno sempre la minestra calda, e patiscono, loro, che non ci hanno colpa, poveri innocenti! –

Ella piangeva, tenendo il viso fra le mani giunte, il suo povero cuore scoppiava di angoscia, di commozione, e proprio le pareva di morire, in quello strazio! Alle sue parole seguì un silenzio profondo, poi Daniela udì l'ironico stridente riso di suo padre.

– Ah, capisco! Siete in miseria dunque! Non avete più nulla! E ora venite a mendicare! A mendicare da me! E non vi ricordate più quello che mi avete fatto! Avete detto fra voi due: Andiamo da quel vecchio imbecille, che ci darà del danaro! Avete provato con le brutte, ma io ero un osso duro, e vi siete rotto i denti, eh! Adesso venite con le buone! E io dico che l'ho giurato, e l'ho giurato sull'anima di tua madre, che non ti riconoscerei più per figlia, e che mai, mai, nè tu nè quello straccione di tuo marito, non avrete un soldo dei miei!

— Oh! – disse Daniela piena di orrore, levando le mani dal viso e fissando quello di suo padre, contratto dalla collera, come hai potuto fare un simile giuramento! Povera mamma, se ti ha sentito, come deve avere sofferto! Non puoi tu perdonarci papà? Anche Dio sarà misericordioso con te.

– Fai ancora la dottora? – gridò pare Gioanni, con ironia. – Già, adesso sarai una professora anche tu! Vattene! Non ho bisogno delle tue prediche!

– Oh, papà non vedi in che stato sono? – esclamò dolorosamente Daniela, — guardami! Sono malata, ti dico! – Poi, gettando uno sguardo intorno alla tavola, dove i tre bambini e la Rita sedevano come terrorizzati, – ah, – disse – sono i tuoi altri figliuoli questi! E Geppino? Dov'è Geppino? – Lo vide in quel momento, ritto presso l'uscio della cucina, immobile anche lui, come incantato da quella apparizione. S'era fatto un bel ragazzo alto e robusto.

– Geppino! – gridò Daniela, stendendogli le braccia, – non ti ricordi più della tua sorella? –

Il ragazzo non si mosse, arrossì soltanto; forse non osava affrontare l'ira del padre.

– Dio mio! tutti dunque mi avete dimenticata, – mormorò Daniela, e tornando a guardare i bambini, – sono bei piccini, disse, – e robusti. Dio li conservi! Ma tu Rita., tu non dici nulla? –

Rita, o commossa dall'aspetto della misera, o anche lusingata dalle parole dette ai suoi bambini, guardò il marito in atto di preghiera.

– Via, pare Gioanni, – disse, – in fine è vostra figlia!

– Ebbene! – disse il vecchio con lo stesso tono rude, – proprio perchè ti vedo in cattivo stato, non voglio che si dica.... Insomma! Se tu vuoi tornare a casa, e portarti i tuoi marmocchi, vieni! Rita ti darà la stanza che avevi quando eri ragazza; i marmocchi li potrai accomodare nella stalla; tu.... già mi ricordo che non eri capace a nulla, nemmeno da ragazza, ma cucire e cose simili le saprai ancora. Qui c'è sempre bisogno di vestiti per l'uno o per l'altro di questi figliuoli.... aiuterai tu la Rita, perchè a casa mia bocche inutili non ne voglio! E starai qui, finchè avrai trovato di meglio! Ma bada, a patto che quella canaglia di tuo marito non metta mai, mai, sotto nessun pretesto, piede in paese! e che tu non me lo nomini mai! La prima volta che colui si azzarda di venir quassù, vi scacceremo fuori tutti quanti, com'è vero Dio! –

Daniela restò un momento immobile, quando già erano finite quelle dure parole; ma poi riscuotendosi d'un tratto, rizzando la sua magra persona tutta tremante, e guardando suo padre con due occhi pieni di indignazione e di rimprovero:

– E potete credere, – disse – ch'io' accetti questo patto? Voi mi offrite un posto di serva, nella casa dove è morta mia madre, e dove vive mio fratello.... Ma questo non mi offenderebbe, e per amore dei miei bambini accetterei! Ma mio marito, io non lo posso lasciare, io non lo abbandonerò mai, finchè vivo! Siamo uniti davanti a Dio, lo amo e lo rispetto! E voi fate male, padre, a propormi una simile cosa!

– È una canaglia che ti ha rovinata! – urlò il vecchio, nella sua collera fatta più furente.

– Non permetto a nessuno di insultare mio marito! disse Daniela con occhi fiammeggianti.

– A me! a me dici: non permetto! E io ti dirò dieci volte che è una canaglia, un ladro, sì, un ladro che vuol rubarmi il mio! un impostore, una canaglia, una canaglia! –

Faceva orrore a vedersi; le sue labbra erano coperte di spuma. I bimbi spaventati cominciarono a piangere.

– Basta, papà! – gridò Daniela stendendo la mano, come a fermare quel torrente d'ingiurie.

– Esci di qui! esci di qui subito! o se arrivo a toccarti!... e fece l'atto di slanciarlesi contro. Ma Rita lo aveva afferrato per le braccia, e Geppino aveva preso per le mani Daniela!

– Che sei venuta a fare? lo sapevi bene che era in collera con te! Ora è meglio che tu vada! le diceva il fratello.

– Vattene, vattene! – balbettava pare Gioanni, incapace fin di parlare.

Daniela uscì; si trovò sola sulla strada. Non c'era anima viva, silenzio e deserto. Non nevicava più, ma il vento si era fatto più forte e più gelido; ella si sentì avvolta in una folata e si mise a camminare. Dove andava? Non ne sapeva nulla, non ne capiva più nulla. Era sola, ecco tutto, sola nel vento e nella notte. Non aveva più nemmeno paura, solo una grande stanchezza, un bisogno immenso di stendersi per terra e riposare. Il vento la spingeva, ed ella camminava così, spinta da un vento malvagio, per vie oscure e gelide, senza una meta. E la sua casa? Non aveva, ella più casa? Non aveva, in qualche posto del mondo, un marito dei piccini che ella amava? Ma dove erano, dove?

Un edifizio bianco si rizzò davanti a lei, nelle tenebre, ed ella lo riconobbe d'un tratto. Era la chiesa. Daniela trasse un sospiro: le parve di rivedere un vecchio amico e qualche cosa di dolce, di tepido le entrò nel cuore.

Là vicino, eccola, era la casa dei preti, come la chiamavano a Tuolo; la casa dove abitava il vecchio curato, don Balsamo, con don Manueli e la vecchia serva.... Ah, don Manueli! Era naturale, ella picchierebbe alla porta di don Manueli.... non era là che l'avrebbe ristorata dal freddo, dalla stanchezza, da ogni suo male?

Bussò forte col martello, e subito rispose l'abbaiare d'un cane, che ella riconobbe alla voce: era il vecchio Fido, chi sa come vecchio! Poi la porta si aprì ed eccola, la vecchia Rosa che la guarda o non la riconosce.

– Daniela? Che Daniela? Chi siete? Aspettate che chiami il curato! –

Ma don Manueli è comparso anche lui nel corridoio, con un lume in mano, e riconosce subito Daniela, benchè non abbia ancora ricevuto la sua lettera annunziante l'arrivo.

– Dio misericordioso! in che stato, poveretta! Presto, Rosa! riscaldate un po' di brodo; aiutatela anche voi! Non vedete che sviene?

Cadde infatti, priva di sensi, sul seggiolone della stanza da pranzo, dove l'avevano portata. Là, mentre, Rosa le spruzzava il viso, e le faceva odorare dell'aceto, don Manueli riattizza il fuoco quasi spento nel caminetto, ed egli stesso fa riscaldare un po' di brodo, che portò alle labbra della povera giovane. Ella rinvenne quasi subito e li guardava come estatica, di quel benessere che la penetrava, di quelle cure premurose; ma non capiva più dove fosse.

– Bisognerebbe che la metteste a letto, Rosa – disse il buon prete, – è sfinita questa povera creatura; non ne può più.

– Posso prepararle un letto qua, sul canapè, – disse Rosa, – perchè non c'è altro posto. –

Difatti la casa, era ristretta, e la stanza migliore era occupata da don Balsamo, che poveretto soffriva di reumatismi, ed era già coricato da due ore.

Don Manuali uscì e la vecchia Rosa riuscì a mettere a letto Daniela. Ma appena ella si trovò calda fra le coperte, ecco che sentì il suo corpo invaso dalle fiamme della febbre, ed ella cominciò a delirare.

– Bisognerà chiamare il dottore – disse Rosa, molto inquieta, e già don Manueli si disponeva ad andare in cerca del dottor Fanfari, quando la serva lo richiamò.

– Guardate, ora dorme, – disse, è meglio lasciarla in pace. È tutta stanchezza. Chi sa quanta strada ha fatto, povera creatura! E scommetto che a casa sua l'hanno strapazzata.

– Ebbene, se dorme aspettiamo domattina, – disse don Manueli, – sapremo qualcosa e ci regoleremo. –

La vecchia Rosa si coricò nella stanza vicina e lasciò le porte aperte, per accorrere, nel caso di bisogno; ma don Manueli non si spogliò nemmeno, e seduto nella sua poltrona lasciando accesa la lucerna, stette quasi tutta la notte meditando e pregando, e appena verso il mattino prese un pò di sonno, rassicurato dal silenzio che era in tutta la casa.

XV.

FINALMENTE DORMIRE!....

Il domani, quando Rosa entrò nella stanza dove Daniela aveva passata la notte, la trovò già vestita, ma con un viso sconvolto, con certi occhi così strani, che la buona donna andò, tutta spaventata, ad avvertire don Manueli. Questi, appena vide la poveretta, comprese che aveva la febbre.

– Mia povera figliuola, – disse, – dovevate stare ancora a letto. Siete malata: e meglio ch'io chiami il dottore.

– Oh! don Manueli, — disse lei con un triste sorriso, – che vuole che mi faccia il dottore? Voglio tornare dai miei bambini, io; non voglio morire lontano da loro, sa? – Poi, come riflettendo. – È vero, – disse, – che se morissi qui, sarebbe meglio per mio marito... Tante spese... tante noie.... Ma pur voglio vederli ancora!...

– Daniela, – disse con una certa severità don Manueli, – che discorsi sono questi! È così che vi perdete di coraggio? Ho pregato tanto per voi, stanotte, figlia mia, e sono persuaso che tutto ora andrà bene.

– Ah! bene! come dovrebbe andar bene? – esclamò Daniela con la stessa esclamazione, – mio padre mi ha cacciata fuori di casa! Non ho più nessuna speranza! È proprio finita, e noi siamo rovinati!

– Non dovete perdervi d'animo per questo, – disse don Manueli, che si era imaginato qualcosa di simile, – con vostro padre parlerò nuovamente io. Ma intanto bisogna che vi rimettiate in calma, che riposiate.... La nostra casa è un pò stretta, manca di comodità... in questa stanza non starete forse tanto bene.... Vi avrei detto di andare in casa dei Criscen, lo sapete che sono tanto amici vostri. Quelli vi avrebbero ospitato volentieri, e là sareste stata bene....

Ma, la povera Margherita questi giorni è stata anche lei crudelmente provata dal Signore....

– Margherita? – domandò Daniela, che faceva uno sforzo visibile per seguire un'idea.

– Sì. Ella ha avuto un bambino, tre settimane fa, e l'altro ieri le è morto. Adesso ella è di nuovo malata per il dispiacere, e non mi sembrerebbe opportuno lasciarvi là in mezzo a tutta quella tristezza. Restate dunque qualche giorno qui, finchè starete meglio. Io vi farò venire il dottore, parlerò ancora con vostro padre.

– Voglio tornare a casa mia, don Manueli, – rispose Daniela con calma, – è necessario. La prego, non insista. Avevo promesso a Giorgetto di tornare oggi.

– Ebbene, poichè vi ostinate, – replicò don Manueli, – badate che non vi lascerò partire da sola. Vi accompagnerò fino a Torino, insieme con Rosa, e torneremo su stasera. Don Balsamo avrà pazienza per un giorno.

– Don Manueli, prima di partire da Tuolo vorrei salutare la mamma, – disse Daniela. E benchè il buon prete volesse distoglierla da questo proposito, ella insistette così che dovette lasciarla andare; solo ottenne che Rosa, le facesse compagnia, e che fossero presto di ritorno, per prendere il treno che partiva ancora nella mattina.

Per la strada incontrarono la signora Bigotti e la moglie del notaio, che la guardarono con curiosità, ma senza riconoscerla! Ella ne fu lieta; non aveva voglia di parlare con nessuno. Don Manueli era pronto, e anche il vecchio don Balsamo, (come era vecchio, mio Dio! pover'uomo!) già alzato e seduto vicino al fuoco, diede la sua benedizione alla giovane donna, che egli aveva battezzato; e se ne ricordava, davvero!

Daniela gli baciò la mano, e si incamminò dietro a don Manueli. Il vecchio prete rimase per quel giorno affidato alla moglie del sagrestano, che era assai stupita di quella partenza improvvisa del vice-curato e della serva con quella giovane, ch'ella non conosceva.

Per fortuna non pioveva più, e il cielo, pur sempre grigio, lasciava trapelare qualche filo di luce. Daniela, appoggiata al braccio della Rosa, coperta da un mantellone, che questa aveva voluto metterle sulle spalle, si sentiva ora più forte, quasi guarita. Parlava, infatti, con don Manueli, e gli narrò la terribile scena della sera prima, e il modo brutale con cui suo padre l'aveva trattata.

– Oh, è troppo! – è troppo!– mormorò don Manueli, vinto dall'indignazione. – Povera figliuola!

– Ora.... è finita, non c'è più nulla da fare, – disse Daniela, e voltandosi a guardare le sue montagne, che apparivano nebbiose e tristi lassù, già rivestite del loro manto invernale, si sentì presa da una grande angoscia e pianse!

– Non tornerò mai più, mai più, – disse ella fra le lagrime.

Rosa e il prete tentavano di farle coraggio.

– Chi sa i fini di Dio? bisogna sperare in lui, – disse il pietoso sacerdote, – egli vi aiuterà. –

Daniela non parlò più, per tutta la strada; nel suo viso pallido brillavano solo gli occhi, febbrilmente accesi. Per la strada passò una comitiva d'uomini, che salutarono con riverenza mista di curiosità il vice curato; a Daniela parve di riconoscere fra quelli il giocondo Stenlin, e Richetto Grignola, e altri due o tre, che anni prima venivano a veglia nella stalla del sindaco. Nessuno di essi la riconobbe. Ah, come doveva essere mutata la bella Daniela d'un giorno! Ma non disse nulla, era anzi contenta che nessuno sapesse chi ella era.

Alla stazione ella si ricordò ad un tratto che non aveva un centesimo in tasca, e divenne tutta rossa e sudata. Ma don Manueli andò a prendere tre biglietti di seconda classe, e fece accomodare Daniela il meglio possibile nella carrozza. Appena seduta, come se la forza fittizia che l'aveva sostenuta fino allora, la abbandonasse, ella chinò il capo sul cuscino, e chiuse gli occhi. Ma non dormiva, no. Un vivo rossore coloriva ora le sue guancie, e le labbra aride balbettavano di tanto in tanto sconnesse parole. Il buon prete, molto inquieto, si andava ora rimproverando di non averla costretta a fermarsi; certo certo ella aveva la febbre, e chi sa se il caso non fosse serio? Egli aveva commesso un'imprudenza a condurla via!

Il buon prete trasse un sospiro di sollievo quando giunsero alla stazione di Torino, e lasciando per un momento Daniela affidata alle cure di Rosa, che intanto aveva fatta discendere dal treno, corse a cercare una carozza, nella quale Daniela montò, come trasognata. Continuava a non parlare; e teneva ora gli occhi sbarrati e fissi, come se non riuscisse a rendersi conto di ciò che vedeva.

Giunta la carrozza in via Berthollet, Daniela che riconobbe la sua casa, subito volle scendere, come rianimata al pensiero dei suoi piccini, che aveva lasciati soli, da tante ore! E fece le scale quasi senza aiuto, portata su da una forza soprannaturale.

– Giorgetto! Giorgetto! – gridò, entrando nella scura e triste cucina, di dove le venne incontro un bambinetto pallido, con le gambine un po' arcate. Ella strinse il piccino tra le braccia e svenne di nuovo; appena don Manueli la potè sostenere a tempo perchè non cadesse.

– Che c'è? che c'è? oh povera donna! esclamò madama Bourgeois, che accorreva dall'altra stanza.

– Bisogna mettere a letto questa povera signora, – disse don Manueli alle due donne, – e il signor Rinaldi non c'è?

– Non può tardare, è a momenti mezzogiorno, – disse madama Bourgeois, e mentre lei e la Rosa spogliavano e mettevano a letto la povera Daniela, don Manueli, seduto pazientemente in cucina, col piccolo Giorgio, tratteneva il bambino, che voleva andare dalla mamma.

– Dalla mamma ci andrai or ora, sta buono, – gli diceva, – la mamma vuole andare a letto.

– Sei tu che hai fatto male alla mamma? –domandava Giorgetto, guardandolo con diffidenza, – perchè le hai fatto male?

– No, no, io non le ho fatto niente. La mamma è a letto e guarirà; noi pregheremo la Madonna per lei.

– È coricata, – disse Rosa, entrando in cucina, – ma mi pare che stia male assai, la povera creatura. –

In quel momento ritornava a casa il Rinaldi, che fece un atto di stupore e di spavento nel riconoscere don Manueli. Questi, in poche parole, e cercando di non fargli troppa pena, gli raccontò ciò che 'era accaduto, e lo invitò ad andare subito in cerca d'un medico, perchè lo stato di Daniela lo inquietava.

– Vo e torno, – disse il Rinaldi, uscendo pallidissimo dalla stanza della moglie, ma prima che fosse all'uscio, don Manuali lo raggiunse.

– Signor Rinaldi, sono casi in cui si può avere immediato bisogno di denaro, – gli disse timidamente, – io non sono ricco, ma ho qui una piccola somma... La prego di accettarla; me la renderà poi, con suo comodo. –

Il pallido viso del Rinaldi si tinse di rossore.

–Accetto.... per lei, – disse con voce rauca, e usci.

Dalla stanza della malata uscivano i vagiti di Guglielmo, e le nenie di Rosa che tentavano di acquetarlo. Un momento dopo la vecchia apparve tenendo fra le braccia, il bambino.

– Mi faccia il piacere, lo tenga lei un momento, che io gli scalderò un po' di latte, – disse, mettendo senza complimenti il battuffoletto fra le mani del suo padrone.

Questi lo prese con un fare serio e impacciato, ma pieno di tenerezza per quella povera, piccola vita. Ed era commovente davvero vedere quel prete con quel bimbo fra le braccia, cullarlo e accarezzarlo, mentre aspettava quel po' di latte, che Rosa stava mettendolo nel biberon.

– E Daniela? – le domandò.

– È sempre lì, che non parla, non mi piace niente, – disse Rosa.

Il medico venne poco dopo con Rinaldi. I due uomini entrarono nella stanza dove Daniela giaceva immobile, col viso acceso e gli occhi spalancati.

– Da quanti giorni ha il suo bimbo? – domandò il dottore.

– Da due settimane, – rispose madama Bourgeois, poichè il Rinaldi pareva inebetito.

Il medico crollò il capo.

– Già, una febbre in queste condizioni... – disse, e si chinò stilla malata.

Dopo un lungo esame rialzò il capo, e chiese da scrivere una ricetta.

– Un cucchiaio ogni ora, – disse – ma già... – e crollò nuovamente il capo.

– Ma... non ci sarà mica pericolo? – balbettò infine il Rinaldi.

– Eh! pericolo immediato no, ma se la febbre dentro a domani non è vinta, non rispondo di nulla – disse brutalmente il dottore.

Un cupo gemito uscì dalle labbra contratte di Rinaldi. Il dottore gli gettò un'occhiata di compassione, e mormorò:

– Speriamo. –

Don Manueli gli andò dietro, lo raggiunse sul pianerottolo.

– La prego, mi dica se lei proprio crede che la giovane donna sia in pericolo – disse il prete. – Vorrei avvertire suo padre.

– Oh, se ha dei parenti è meglio chiamarli disse il dottore. – Io francamente ho poca speranza. Quella giovine avrebbe avuto bisogno di grandi cure: vede bene che è in uno stato! E là dentro ha poca aria, poca luce, e si sarà strapazzata con quei due figliuoli. Anche loro, veh! se non li portano via di qui, e se non li nutrono meglio, seguiranno la mamma!

– Dottore, – disse il prete con aria solenne – quella povera donna è una martire! Faccia di salvarla a ogni costo; sono poveri, ma tutte le spese saranno pagate; tutte!

– Ma le pare? – rispose il medico, quasi vergognandosi del suo tono brutale di prima – fa pena anche a me! È così giovane quella poveretta! Senta, a ogni modo, se ha dei parenti li faccia venire. Io tornerò stasera. Domani si vedrà se c'è pericolo.

E se ne andò, lasciando don Manueli assai triste e perplesso. Egli voleva andare a Tuolo, parlare ancora con pare Giovanni, condurlo al capezzale della figliuola; gli pareva che quello dovesse farle più bene che le medicine. D'altra parte non osava muoversi... se ella fosse venuta a mancare!

Decise a ogni modo di aspettare la sera, e intanto passò tutta la giornata coi due poveretti, ai quali la Rosa aveva preparato una buona colazione e un buon desinare; i soldi li aveva dati lui, s'intende! Ma chi mangiò furono sole le donne e il piccolo Giorgetto; il Rinaldi non volle assaggiare nulla; pareva anzi che non capisse più nulla! Daniela giacque quasi sempre immobile nel suo povero letto, pallida eppur rovente di febbre. Teneva gli occhi spalancati e fissi, ma non guardava nessuno; certo non vedeva nessuno. Una o due volte solo che Giorgetto era andato ad attaccarsi alla coperta, o aveva chiamato: mamma! con la sua stridula vocina, Daniela parve riscuotersi, e un lungo brivido le attraversò le linee rigide del viso. Ma don Manueli si portò il bimbo in cucina, temendo che la commozione facesse peggio alla malata; tentò anche di condurre di là il marito, che gli faceva una gran pena, con quel suo dolore muto o fisso; ma il Rinaldi gli diede una tale occhiata, che don Manueli non insistette più. Verso sera tornò il dottore.

– È in uno stato di collasso, – disse come parlando fra sè, – me l'aspettavo. –

Non prescrisse nulla, e dopo pochi minuti volle andarsene. Don Manuali lo raggiunse ancora.

– Che vuol che le dica, reverendo, lo stato è grave. La povera giovane doveva avere adesso la febbre già da molti giorni. Per ora non c'è altro da fare.

– Vorrei, – disse don Manuali, – somministrarle i sacramenti, se c'è pericolo immediato.

– Faccia, faccia pure. Pericolo per questa notte non c'è. Le ho detto: vedremo domani. –

Don Manueli rientrò e sedutosi accanto al Risaldi gli mormorò con tono dolce e lento qualche parola; Carlo trasalì, e si portò le mani alle tempie.

– Daniela è sempre stata un'anima devota, – disse don Manueli, – è necessario fare questo per lei. Del resto non c'è proprio un vero pericolo, l'ha detto il dottore.

– L'ha detto il dottore? – ripetè come un'eco Rinaldi.

– Sì, e ha detto: vedremo domani. Mi autorizza intanto a compire gli uffici del mio ministero? –

Rinaldi chinò il capo e non rispose; don Manueli prese quel silenzio come un consenso, e subito disse a Rosa di preparare la casa meglio che poteva; lui intanto sarebbe andato alla parrocchia. Così fece, e là ottenne l'autorizzazione, di somministrare gli estremi sacramenti alla povera malata; e poco dopo infatti rientrava col viatico, coi vestimenti sacerdotali, seguito da una turba di donne preganti. Tutto il vicinato si commosse. Come! Moriva quella bella giovine così pallida, così patita, che aveva l'aria tanto buona? Che peccato!

Il pio stuolo entrò nella povera stanza, dove le due donne avevano messo un po' d'ordine, e preparato una specie d'altare sul cassettone.

Quando il Rinaldi vide entrare il sacerdote, e le donne, comprese, gettò una sorda esclamazione, balzò in piedi come se avesse voluto impedire che il mesto rito si compiesse, ma il suo sguardo irritato e cupo incontrò quello mansueto e sicuro del prete, ed egli chinò il capo, e ritirandosi nel vano della finestra, là stette accasciato e curvo, tutto il tempo che durò la funzione.

Non si poteva pensare a confessare la povera creatura inerte, che non vedeva nessuno, e non schiudeva nemmeno le labbra, così don Manueli si contentò di somministrarle l'estrema unzione, riserbandosi di darle il viatico nella notte o al domani, se Daniela ricuperasse alquanto i sensi.

Ed il sacerdote unse quelle povere mani scarne e laboriose, che non avevano mai fatto nulla di male; quei piedi stanchi di correre dietro una felicità mai raggiunta; quegli occhi che avevano tanto pianto; quella bocca che era stata così piena di amorose parole; quelle orecchie che pur ne avevano udite tante delle dure! Ecco la dolce anima, che era stata tanto innamorata delle cose belle, dei fiori, della luce, della poesia, ora già si ripiegava come un giglio spezzato, nelle tenebre della morte.

Quando don Manueli fece per andar via, e il fanciullo e le donne col cero lo seguirono, ad un tratto Daniela fece per rizzarsi, e disse:

– Sono dunque in chiesa, ed è il mese di Maggio?

– Figlia mia! – disse don Manueli tornando indietro sollecito, – vedete, forse la Madonna? Può ben darsi che ella sia venuta per consolarvi, poichè foste sempre buona.

– Sì, c'è la Madonna, – disse Daniela e tornò a chiudere gli occhi.

Durante la notte, in cui tutti la vegliarono, meno la vecchia Rosa che s'era addormentata seduta presso la culla di Giorgetto, Daniela ricominciò spesso a delirare. Ora conosceva, ora no, le persone che le erano intorno, ma non capiva perchè fossero lì, e non sapeva dove fosse lei stessa. Il più delle volte era a Tuolo, in casa di suo padre, ed ella era ancora piccola, e parlava con Geppino, o con la mamma, o con qualche amica; le tornavano alla mente i nomi di persone che nemmeno don Manueli ricordava di avere mai conosciuto; rifaceva episodi chi sa da quanto tempo dimenticati! Ed era così allegra e così bella con quei pomelli accesi nel magro viso e quegli occhi brillanti, che era una pietà il vederla.

Il mattino dopo quella veglia angosciosa, il dottore venne presto come aveva promesso. Appena vide l'ammalata fece il viso scuro.

– Delirio, eh? – domandò. – Via, è finita. – Ma le ultime parole le pensò più che non le dicesse.

– Male? – fece con un gesto don Manueli.

Il dottore gli rispose con un altro gesto.

– Quanta può durare?

– Chi sa! Due o tre giorni... –

Don Manueli uscì subito dopo il dottore, raccomandando alle donne di far mangiare qualcosa al povero Rinaldi, che ora pareva dormire affranto, sopra una sedia. Egli andò alla stazione a prendere il treno per ritornare a Tuolo.

– Tornerò in giornata – aveva detto a Rosa.

Era appena fuori che vennero affannate le due Berrini; la signorina aveva saputo a scuola che il maestro Rinaldi era assente perchè sua moglie moriva. Il rumore delle loro voci e dei loro passi risvegliò Carlo, che le guardò con aria cupa, senza moversi.

– Ebbene? come va? come va? coraggio! come va? – insistè la signorina Atala.

– Muore, – rispose Rinaldi, e quella parola fece correre un fremito in tutte le fibre.

Io dovrò andare a scuola – disse dopo un poco la signorina Atala, – ma la mamma resterà, per aiutarvi... – e guardò il Rinaldi. Ma questi non rispose nemmeno con un gesto; si ricordò forse che quelle due amiche non erano mai state simpatiche alla povera Daniela?

– Sì, resterò... se non disturbo, – disse la vecchia Berrini guardando intorno se c'era una sedia anche per lei, fissando le due donne che occupavano le due sole esistenti nella camera, oltre a quella del Rinaldi. Nessuno si mosse.

– Se poi disturbo... – mormorò con alterezza, – mi ritirerò....

– È meglio che mi ritiri, – disse infine, vedendo il viso arcigno e ostinato delle due donne. E se ne andò infatti, lanciando un'occhiata di rimprovero al Rinaldi, che pareva non avesse capito nulla, e qualche frase amara sull'ingratitudine della gente.

La giornata passò ancora più triste della precedente, perchè la povera Daniela non usciva dalla sua stupidità che per dire cose insensate, che spezzava il cuore a sentirle. Anche i bimbi, più abbandonati a sè stessi, ora che il buon prete mancava, piagnucolavano continuamente.

Per fortuna la portinaia salì un momento e venne a prenderseli, con l'intenzione di farli dormire un pochino nel suo letto. E allora il silenzio non fu più interrotto che dalle penose divagazioni della malata.

Le era venuta, ad un tratto, una tenera e gentile fantasia, forse una fiaba udita raccontare a casa, durante le veglie. Ella era divenuta una fata; una fata che va toccando qua e là per terra con una bacchetta magica, e se ci sono dei morti, sotto terra, vengono fuori a parlare, purchè là presente ci sia una persona che essi amavano in terra. Ed ecco che ella era nel campo santo di Tuolo, ed era una bella primavera; tutte le tombe erano fiorite, e più specialmente quella di sua madre, che ora tutta coperta di fiori bianchi e vermigli. E proprio sulla pietra che copriva la tomba erano seduti i suoi due bimbi. Giorgetto e Guglielmo, e tutti due erano tristi, e Giorgetto piangeva, perchè la nonna non rispondeva alle sue parole. E lei, la fata, che era pure la mamma dei bimbi, si avanzava verso i due fratelli, sorridendo, e portando alta la sua bacchetta.

– Volete vedere la nonna? – domandò.

– Sì, mamma, risposero i bimbi; e subito ella toccò la pietra con la bacchetta, e di fuori della pietra uscì la nonna, vestita come era solita in casa, col suo fazzoletto intorno alla testa, col suo grembiule di cotone turchino... E i bimbi le saltavano incontro, e lei andava più oltre, e incontrava una donna vestita di nero, che piangeva. Riconosceva Margherita Criscen.

– Che hai, Margherita?

– Ah, Daniela, ho perduto il mio bimbo! Un così bel piccino! Con gli occhi azzurri e i capelli biondi, un angioletto!

– Proprio come, il mio Guglielmo, – pensava Daniela.

Poi, sorridendo:

– Lo vuoi vedere?

– Oh si! fa ch'io lo riprenda! Lo riporterò a casa mia, lo ricoprirò di baci, lo terrò così bene! Là nella terra deve avere freddo, povero amore! – E la fata toccava una piccola tomba, ed ecco ne usciva un piccolo bimbo; e Margherita, lo prendeva fra le braccia, e lo baciava piangendo di gioia: e guardando quel bimbo, Daniela si accorgeva che era proprio il suo Guglielmo, quello che ella aveva lasciato a casa, in fasce.

E la povera Daniela raccontava tutto ciò ad alta voce, come se fosse la narratrice e insieme l'esecutrice di quei fatti maravigliosi. Pareva proprio che ella ritornasse bambina, quando le piaceva tanto ascoltare e anche narrare le fole delle sue montagne! e quante ne intendeva col suo piccolo cervello già tutto fiorito di sogni!

Ma nel pomeriggio, sul tardi, incominciò visibilmente a peggiorare. Le sue parole divenivano più angosciose e spezzate; il suo viso esprimeva un'agitazione profonda; gli occhi parevano cercare disperatamente qualcuno!...

– Il medico, il medico! Correte! – gridò Carlo Rinaldi, sopraffatto dal terrore. E madama Bourgeois si precipitò fuori, a cercarlo.

Ma Daniela, come se avesse riconosciuta la voce di suo marito, mutò ad un tratto l'espressione del suo viso; ella divenne sorridente e tenera, come era stata tante volte con lui!

– Daniela! – gridò egli, slanciandosi verso il letto, con le braccia aperte.

– Oh, Carlo! – mormorò ella, – sì, abbracciami. –

Il suo viso prese una espressione di felicità infinita.

– Dove sono i bimbi? – mormorò poi con dolcezza.

– Andate, Rosa, andate a cercarli, – disse il Rinaldi alla donna, e quando quella fu uscita, si accorse che erano ormai soli, lui e quella moribonda! e un'angoscia indicibile lo prese, quasi uno sgomento superstizioso.

– Ti voglio bene, Carlo, – mormorò lei, poi si lasciò andare, come stanca, sul cuscino.

– Daniela, Daniela, mio Dio! –

Pochi minuti, ma terribili. Infine tornò Rosa e pure la portinaia coi piccini.

– Giorgetto? È qui Giorgetto? – disse con uno sforzo Daniela, quando sentì il viso del piccino appoggiato sul suo. – Non ti vedo più! –

Dopo un momento soggiunse:

– Oh, come è buio! Accendete il lume, vi prego! – Rosa accese una candela benedetta, che don Manueli aveva portato la sera prima, e la pose sul tavolino da notte.

– Accendete il lume, vi prego! – ripetè Daniela. E compresero che erano le tenebre della morte.

– Giorgetto, sta sempre buono, Giorgetto, – disse ella ancora. Poi, come ricordandosi:

– Ma, non ne avevo ancora uno? ancora uno? non è il mio che è morto; è il bimbo di Margherita. –

La portinaia le depose un momento fra le braccia il bimbo fasciato, che si pose a vagire.

– Ah! – disse la madre! – Guglielmo. – E sorrise celestialmente.

Poi non parlò più.

Entrava il medico, chiamato a furia.

– È morta, – disse sommessamente.

Si levò un gemito straziante, e tutti si inginocchiarono intorno a quel letto, dove ella dormiva, in pace, finalmente, così calma!

Fino a sera rimasero così intorno alla morta tutti anche i bimbi, Giorgetto appoggiato a suo padre, e Guglielmo addormentato in braccio a Rosa.

Il Rinaldi non piangeva; era accasciato in terra presso una sedia, con la testa fra le mani, e cupe immagini attraversavano il suo cervello e il suo cervello era scosso da un turbamento, da una angoscia, mista di terrore e di rimorso.. Di rimorso! Lui, Carlo Rinaldi, che non aveva mai commessa una cattiva azione in vita sua, che non aveva mai mancato alle leggi dell'onore e del dovere, che aveva sempre agito secondo saggezza e giustizia, e aveva amato sua moglie, oh, sì! ora più che mai sentiva che l'aveva amata!

– Ti voglio bene, Carlo! – oh, come quelle parole gli tornavano ora dolci, consolatrici, eppur disperate al cuore! Quella che le aveva pronunciate con tanta tenerezza, con tanta pietà, non le avrebbe dette mai più; mute, gelide, ecco, erano quelle labbra, sulle quali erano fiorite così dolci parole, ed egli spesso non le aveva udite e comprese!

A sera, mentre suonava l'Ave Maria, malinconicamente alla parrocchia vicina, due uomini entrarono, affannati, pallidi, nella stanza mortuaria. Uno era un prete, don Manueli.

L'altro.... oh, l'altro era Ambrogio Criscen, il marito di Margherita.

– Morta! mormorò il prete, con profondo dolore fissando la cerea figura giacente tra i guanciali.

Ah, la sua gita a Tuolo era stata inutile! egli non era riuscito a smuovere il duro cuore di pare Gioanni che nella sua pazza collera aveva fin osato mettere in dubbio le parole del vice-curato.

– Morire! Ah, che non credo niente! tutte commedie, tutti trucchi per prendermi in mezzo, per gabbarmi. Non do un soldo! E nemmeno se morisse davvero, non do un soldo e non mi muovo.

Uscendo da quella casa snaturata, (don Manueli scosse forse i suoi calzari, per non portarne altrove la mortifera polvere) il buon prete incontrò Ambrogio Criscen, che già qualcosa sapeva della infelice gita di Daniela al paese.

Egli gli narrò ogni cosa e Ambrogio tutto sossopra e animato da uno zelo di pietà e di generosità che trasfigurò il viso del semplice montanaro:

– Don Manueli, – disse, – non partirete senza di me! Aspettatemi, ch'io vado a dire una parola a Margherita! Siamo abbastanza signori noi! E come! Non faremo nulla per la povera Daniela? –

Ed erano partiti insieme, e per il viaggio Ambrogio non aveva quasi parlato; solo il suo viso esprimeva di tanto in tanto o un grande dolore, o una speranza inebriante.

– Ah! se non la trovassimo più! Ah, se fosse ancora viva, signor curato! –

E la trovarono morta. Là giaceva ella, quasi sorridente, e cosi calma e tranquilla, come se nessun affanno potesse raggiungerla, mai più! Ambrogio contemplò un momento quel viso che gli era stato tanto caro, che gli era parso così bello, ed era più bello ancora, benchè tanto diverso, nella dolce calma della morte!

Poi, vedendo Guglielmo in braccio a Rosa e pareva un piccolo pacco di cenci, cosi tenue era il brav'uomo esclamò:

– È questo il piccino! Oh caro maestro lei vorrà darmelo, sa! Margherita ha perduto il suo, due giorni fa. Come sarà contenta se le porterò questo!

Poi, guardando Giorgetto che s'era staccato tutto curioso dal braccio del padre:

– E questo omino? – Ah, questo è l'altro! Ebbene, maestro, lei ci darà anche questo vero! La povera Daniela non direbbe di no! Il piccino ha tanto bisogno di un pò d'aria buona!

Me li porto su tutti e due non è vero signor Rinaldi! –

94

FINE.